Coverillustration: Jumana Hamandouche

Edie Kramer

Corinnas Fluchten

Roman

© 2022, Edie Kramer
Herstellung und Verlag: BoD – Books on
Demand, Norderstedt
ISBN: 9783756828326

1. Heute darf sie

Heute darf sie. Es ist Donnerstag.

Sie atmet durch. Einmal in der Woche erlaubt sie sich. Noch. Und nur in diesem Supermarkt. Es ist eine Art langsamer Entzug. Nicht, dass es ihr gelänge, die selbst aufgestellte Regel immer zu befolgen. Aber in spätestens einem Jahr will sie es geschafft haben.

Am kalten Entzug ist sie öfter gescheitert. Obwohl sie sich vor jedem Einkauf vorstellte, dass ein durchtrainierter Detektiv sie mit eisernem Griff am Arm packen und durch den ganzen Laden ins Büro der Supermarktleiterin schleifen würde. Sich drastische Szenen auszumalen soll eine wirksame verhaltenstherapeutische Maßnahme sein. Funktioniert offensichtlich nicht bei allen.

Sie nimmt am Eingang einen der roten Plastikkörbe und drängt an den Kundinnen, die vor den Obst- und Gemüseregalen die Ware begutachten, vorbei. Seitdem sie einmal schimmlige Orangen im unteren Teil einer Kiste entdeckt hat, kauft sie ihr Grünzeug nur noch auf dem Markt oder im türkischen Laden. Wo doch gerade der erste Eindruck beim Betreten des Supermarktes suggerieren soll, dass es hier absolut Frisches und Gesundes gibt und keinerlei Grund besteht, zum Gemüsehändler zu gehen. Einer der

Tricks der Supermarktstrategen. Genau wie das unlogische Platzieren oder ständige Umräumen von Lebensmitteln. Die Kundin soll sämtliche Gänge ablaufen, die Regale nach ihrem Lieblingsknäckebrot absuchen, dabei andere Produkte entdecken und mitnehmen.

Sie biegt in den ersten Gang nach rechts ab und steht vor dem Regal mit den Speiseölen. Ganz unten stehen die Plastikflaschen mit billigen Bratölen, die Bückware, ganz oben hübsche kleine Fläschchen mit speziellen Nussölen. Der Gang ist eng und gut zu überblicken.

Seit drei Monaten ist er wieder da, dieser Drang. Ein Jahr lang ist es ihr gelungen, clean zu bleiben, brav alle Artikel in den Korb zu legen und zu bezahlen. Es war ein gutes Gefühl, den Kassiererinnen offen in die Augen schauen zu können.

Die Auswahl an Olivenölen ist in letzter Zeit besser geworden, stellt sie fest. Die preiswerten Öle kommen nicht in Frage – wenn schon, denn schon. Das sind alles Verschnitte von Ölen aus ganz Europa. Oft sogar gestreckt mit billigem Sonnenblumenöl. Sie schaut regelmäßig Verbrauchersendungen, weiß, worauf sie achten muss.

Ein einziges Mal, mit achtzehn, ist sie von einem Detektiv in einer Drogerie erwischt worden. Ein knallroter Ellen-Betrix-Lippenstift steckte in ihrem Wildlederstiefel. Der Detektiv führte sie wichtigtuerisch, mit gnadenlosem Griff vor allen Leuten durch den gesamten Laden in das Büro des

Geschäftsführers ab. Keinen Moment dachte sie daran, dem Gorilla eine zu verpassen und abzuhauen. Wäre mit Sicherheit schiefgegangen. Am nächsten Tag hatte sie blaue Flecken am Oberarm.

Kaum, dass sie an die unsägliche Peinlichkeit zurückdenkt, steigt ihr eine unangenehme Hitze in den Kopf. Sie versteht nicht, wieso, verdammt noch mal, diese traumatischen Bilder sie nicht davon abhalten, es immer wieder zu tun.

Der Richterin erzählte sie etwas von Problemen in der Schule – dass eine ehemalige Freundin plötzlich Lügen über sie verbreiten würde – und kam mit fünfhundert Mark Geldstrafe davon. Sie putzte ein halbes Jahr bei einer älteren Dame, zahlte ihre Strafe in Raten ab und beichtete die Sache nur Marlene.

Damals wohnte sie noch zu Hause. Die Post kam spät, sie stürzte jeden Tag nach der Schule an den Briefkasten, um die Gerichtspost abzupassen. Voller Angst, ihre Mutter könnte ihr zuvorgekommen sein.

Marlene hatte gelacht, irgendwas von Champagner für alle geredet und die Sache als Widerstand gegen den Kapitalismus abgetan.

Heutzutage käme ich nicht mehr so billig davon.

Artikel in der Klatschpresse über Ladendiebstähle verfolgt sie mit fiebriger Neugier, sucht nach Gemeinsamkeiten. Winona Ryder musste jede Menge Sozialstunden absolvieren und zwanzigtausend Dollar Strafe zahlen, sich zu einer Psychotherapie verpflichten, weil sie Klamotten und anderes Zeugs bei Saks Fifth Avenue geklaut hatte. Ihr Anwalt plädierte darauf, dass es ein Missverständnis gewesen wäre. Aber wo ist das Missverständnis, wenn man beim Rausschneiden von Preisetiketten gefilmt wird? Farrah Fawcett, die aus »Drei Engel für Charlie«, wollte fehlerhafte Kleidung umtauschen. Als es ihr verwehrt wurde, hat sie die Sache selbst in die Hand genommen.

Ein Öl aus Ligurien, extra vergine, und ein biologisches Olivenöl, auch aus Italien, stehen auf Augenhöhe vor ihr im Regal. Das ligurische Öl ist am teuersten. Die Flasche steckt in einem Mantel aus goldfarbener Metallfolie zum Schutz vor Lichteinflüssen. Sie sieht ansprechend aus. Eine Reihe tiefer gibt es auch noch eine Halbliterflasche mit einem Öl von der Insel Lesbos. Auf Lesbos hat sie mal einen Urlaub mit Marlene verbracht.

Vielleicht sollte ich die griechische Wirtschaft unterstützen! Das Etikett ist auch hübsch.

Eine alte Frau mit einem dünnen fettigen Pferdeschwanz biegt mit ihrem Einkaufswagen in den Gang ein. Sie hängt regelrecht über dem Wagen. Im Warenkorb liegen zwei Dosen Katzenfutter und drei Bananen. Der schmuddelige Mantel der Frau streift Corinnas dunkelbraune Leinenhose. Die Frau greift nach einer Plastikflasche mit Sonnenblumenöl und schlurft weiter. Angewidert stellt Corinna den roten Plastikeinkaufskorb auf den Boden und reibt mit der Hand über ihre Hose. Sie atmet heftig aus, versucht, die plötzliche Wut abzuschütteln. Als sie ihre Handfläche betrachtet, realisiert sie die Absurdität dieser Geste. Wie oft hat sie Menschen in der Bahn beobachtet, wie sie über einen vermeintlich oder tatsächlich schmutzigen Sitz mit der Hand wischen, um sich dann zufrieden hinzusetzen. Sie wischt ihre Handfläche seitlich an der Hose ab.

Zu Hause werde ich als allererstes meine Hände gründlich waschen und die Hose in den Wäschekorb befördern.

Der Gang ist frei. Sie berührt sanft die Goldfolie einer Flasche, greift aber dann doch nach dem Öl von Lesbos, schaut sich noch einmal um und lässt die dunkelgrüne Halbliterflasche in ihre Umhängetasche gleiten.

Anfangs hat sie die Adrenalinkicks genossen. Es fühlte sich nach Selbstermächtigung an. Bestandene Mutproben. Es ging um die Überwindung von Angst.

Eine kurze Erregung schwappt auch jetzt durch ihren Blutkreislauf. Aber danach kommt die Angst.

Warum tue ich mir das an? Ich, Corinna Hartmann, verdiene – verdammt noch mal – genug, um mir ab und zu ein gutes Olivenöl leisten zu können.

Wollte sie mit Ende dreißig immer noch mit dem frühen Tod ihres Vaters hausieren gehen? Damit entschuldigte sie als Jugendliche ihre Diebstähle.

Sie nimmt den Plastikkorb vom Boden und schlendert weiter durch den Gang. Spaghetti stehen auf ihrem Einkaufszettel. Sie legt zwei Pakete in den Korb und geht weiter in Richtung der Kühltheken. Ein französischer Hartkäse aus Schafsmilch, ein Ziegenfrischkäse, ein Päckchen Landbutter und eine Packung Räucherlachs aus dem Atlantik wandern in den Korb.

Im Gang mit den Getränken ist niemand zu sehen.

Schnell greift sie Käse und Lachs, lässt die Sachen in ihre Umhängetasche gleiten. Kalifornischer Rotwein schmeckt von den Supermarktweinen noch am besten. Sie legt zwei Flaschen in den Korb, geht ganz selbstverständlich weiter. Pralinen wären toll. Sie greift nach einer Schachtel mit kleinen Trüffeln.

Im Gang mit den Toilettenartikeln sind keine anderen Kunden zu sehen. Die Trüffel und eine Flasche Wein landen in der Tasche. Ein etwa dreißigjähriger Mann in einer gut geschnittenen Lederjacke biegt in den Gang ein und vertieft sich in das Shampoo-Sortiment. Kurz fragt sie sich, ob er ein Detektiv sein könnte, aber dann holt er einen Einkaufszettel aus seiner Jackentasche und schaut noch mal nach, welches Shampoo er nehmen soll. Er achtet nicht auf sie.

Auf dem Weg zur Kasse legt sie noch die Süddeutsche in den Korb und stellt sich an der rechten der beiden geöffneten Kassen an. Dort kassiert die leicht hektische, immer verschwitzte Supermarktangestellte. Seit Jahren sitzt sie hier tagtäglich. Ihre giftgrüne Umhängetasche hält sie leicht an den Körper gedrückt. In diesem Supermarkt gibt es keine Kameras, nur die Spiegel über den Kassen und vermutlich ab und an einen Detektiv. Die Kassiererinnen sind angehalten, darauf zu achten, dass keine Ware unbezahlt in den Einkaufswagen vorbeigeschmuggelt wird, aber in die Einkaufstaschen dürfen sie nicht schauen.

Sie legt Nudeln, Rotwein, Butter und die Zeitung aufs Band. An der anderen Kasse steht die alte Frau mit dem speckigen Mantel. Sie kramt umständlich in ihrem Portemonnaie und lacht mit der Angestellten. Der scheint es ganz recht zu sein, dass sie mal ein wenig verschnaufen kann. Der Anblick der ungepflegten Gestalt weckt erneut einen leichten Ekel bei ihr und sie wendet sich ab. Sie packt die gescannten Artikel in ihre Umhängetasche und zahlt mit einem Zwanzig-Euro-Schein. Die neuen Geldscheine sind ihr immer noch fremd. Sie nimmt das Restgeld in Empfang, nickt der Verkäuferin freundlich zu. Als sie die schwere Tasche anhebt und ein paar Schritte Richtung Ausgang macht, tritt ihr ein junger Angestellter im Firmensweatshirt in den Weg.

»Darf ich … ?«

Eine glühend heiße Welle rauscht von ihrem Magen in den Darm.

Nein!! Scheiße! Gleich werde ich als Ladendiebin vor der netten Filialleiterin stehen und nie mehr hier einkaufen können.

Seit Jahren geht sie hier einkaufen. Sie mag die Angestellten im Supermarkt. Es ist ihr sympathisch, dass er einer der wenigen Läden ist, in dem es am Ausgang keine elektronische Warensicherung gibt.

»… Ihnen einen Gutschein anbieten? Wie Sie sicher schon wissen, renovieren wir unseren Laden und schließen für zwei Monate. Bei der Wiedereröffnung bekommen Sie einmalig fünf Prozent auf Ihren Einkauf.«

Ohne dem jungen Mann ins Gesicht zu schauen, greift sie nach dem Gutschein. Sie murmelt ein kaum vernehmbares Dankeschön und will nur noch raus.

Beinahe läuft sie vor ein Taxi. Sie hebt entschuldigend eine Hand, lässt das Taxi vorbei und befiehlt sich, zur Ruhe zu kommen. Ihr ist schwindlig, ihre Beine zittern. Kurz überlegt sie, in die Apotheke gegenüber zu gehen und ihren Blutdruck messen zu lassen. Sie lässt sich auf eine der grünen Metallbänke sinken. Es dauert eine gefühlte Ewigkeit, bis sich ihr Puls normalisiert und sie weitergehen kann.

Sie schaut nach oben. Der Himmel ist strahlend blau, ein wunderschöner Sommerhimmel, aber die Rinde der Platanen ist abgeplatzt, und die Blätter ragen halbvertrocknet und staubig grau in die stehende Luft. Gestern war sie voller Vorfreude auf den Abend mit Marlene, gerade ist ihr alles zu viel. Von Weitem sieht sie eine Bekannte auf sich zukommen.

Auf keinen Fall will ich mich jetzt mit der auf einen Smalltalk einlassen.

Sie wechselt die Straßenseite und guckt woanders hin. Als sie am Zebrastreifen steht und einen stämmigen Mann sieht, der mit dem Rücken zu ihr vor der Kneipe gegenüber steht, überfällt sie ein warmes Glücksgefühl, ihr Herz schlägt schneller.

»Micha«, entfährt es ihr.

Und sofort ist es vorbei.

Es passiert immer wieder. Ihr Verstand weiß: Er ist es nicht, aber das verdammte Reptiliengehirn ist schneller. Sollte das für den Rest ihres Lebens so bleiben? Würde ihr Herz noch mit achtzig für Millisekunden einen Freudensprung machen, wenn sie einen nicht mehr ganz jungen Mann dieser Statur mit dunkelbraunen Locken sieht, die am Hinterkopf schütter werden?

Ein Nanomoment Glück: Schau doch, da steht er und lebt. Er sollte sich die Haare schneiden lassen und endlich abnehmen!

Schnell überquert sie die Straße und schaut nicht mehr hin. Sie will beim Türken noch ein paar Feigen kaufen. Baguette steht auch noch auf ihrer Liste.

Ich könnte ein Fladenbrot bei Yalcin kaufen, dann kann ich mir den Weg zum Bäcker sparen.

Auf der schmalen Straße mit den schiefen Ginkgobäumen steht ein Grüppchen junger Leute mit Kaffeebechern in der Hand auf dem Bürgersteig. Sie machen keine Anstalten, sie durchzulassen. »Dürfte ich vielleicht mal?«, sagt sie nicht gerade freundlich und ärgert sich im gleichen Moment, weil sie so unsouverän reagiert. Sie drängt sich durch die lachende Gruppe – am liebsten würde sie diese Ignoranten zur Seite stoßen.

In dem kleinen türkischen Laden packt sie lose Feigen in eine Tüte und nimmt sich ein Fladenbrot aus dem Regal. Sie liebt dieses Geschäft. Yalcin hat das beste Obst und Gemüse und sehr gutes Lammfleisch. Seitdem seine Ehefrau Kopftuch trägt, fühlt sie sich auf eine Art befangen. Sie hat immer gerne mit den beiden geplaudert, aber inzwischen reagiert sie kurz angebunden und fühlt sich mies dabei. Sie wüsste gern, wieso diese fröhliche Frau, die seit zwanzig Jahren mit ihrem Mann zusammen den Laden führt, sich plötzlich verhüllt. Aber sie traut sich nicht, danach zu fragen.

Zwanzig Minuten später liegt der Inhalt ihrer Einkaufstasche vor ihr auf dem Küchentisch. Sie verbietet sich zu überschlagen, wie viel Geld sie eingespart hat. Völlig erschöpft lässt sie sich auf einen Küchenstuhl sinken. Ihr Blick fällt auf den Supermarktgutschein. Sofort schnellt ihr Puls nach oben.

Wie blöd bin ich eigentlich? Das ist so destruktiv, was ich da mache. Und jede Theorie, die ich mir zurechtlege, ist eine zu viel.

Sie reißt die Schachtel mit den Trüffeln auf und stopft die halbe Packung in sich hinein. Ein Blick auf die Küchenuhr bringt sie halbwegs wieder in die Spur.

Marlene kommt in zwei Stunden. Ich sollte schon mal den Rotwein öffnen.

»Nehmen Sie zwei, bezahlen Sie einen.«

Sie lacht unfroh, steckt sich die nächste Praline in den Mund. Einen kleinen Rucola-Salat mit Weißbrot, dann Spaghetti mit einer Soße aus Räucherlachs, Olivenöl, Zitrone und Kapern, anschließend Käse, Feigen und Pralinen, falls noch welche übrig bleiben, soll es geben. Dazu den ganz passablen Kalifornier. Marlene liebt ihre Spaghettigerichte, und sie liebt es, Marlene zu verwöhnen.

Es wird kein opulentes Abendessen. Aber an einem stinknormalen Wochentag treibt sie nicht viel Aufwand mit dem Kochen.

Ich muss noch duschen. Mein Oberteil ist total verschwitzt.

Die alte Frau mit dem schmuddeligen Mantel kommt ihr in den Sinn. Sie stürzt ins Bad, wäscht sich unter fließend heißem Wasser die Hände, bis sie knallrot sind.

Marlene ist ihre engste Freundin. Sie haben sich auf dem Gymnasium kennengelernt. Beim ersten Anblick dieser unbeschwerten Jugendlichen mit dem provozierenden Blick – einem Blick, der sagte: »Komm mir bloß nicht blöd!« – wünschte sie sich nichts anderes, als mit ihr befreundet zu sein. Dieser Wunsch ging überraschend schnell in Erfüllung, und nach einer Weile war da noch mehr.

Wir waren ein tolles Paar.

Corinna seufzt.

Gut, dass wir uns wiederhaben.

Zwei Jahre Liebesbeziehung am Ende ihrer Oberstufenzeit und die dramatische Trennung während des ersten Studiensemesters hatten ihrer Freundschaft letztendlich nichts anhaben können. Damals, als Marlene sich in eine andere verliebte – in eine mitreißende, politisch engagierte Kommilitonin, die auch noch grandios tanzen konnte – und Corinna von einem Tag auf den anderen sitzen ließ, wollte sie nichts mehr mit ihr zu tun haben. Sie hätte nie gedacht, dass sie je wieder ein freundliches Wort wechseln würden. Irrtum. Nach einem halben Jahr Sendepause liefen sie sich zufällig im Kino über den Weg – sie fielen sich in die Arme und versöhnten sich auf der Stelle. Sie sind vertraut miteinander wie eh und je, und dass es keine erotischen Erwartungen mehr aneinander gibt, macht die Sache unkompliziert.

Oder?

Corinna blättert kurz durch die Zeitung, öffnet beide Weinflaschen, räumt die Lebensmittel weg und packt die restlichen Pralinen in den Küchenschrank.

Bevor ich die auch noch in mich hineinstopfe.

Auf dem Weg ins Bad zieht sie sich die Bluse über den Kopf. Das Telefon läutet. Sie zuckt zusammen, empfindet die Klingeltöne schriller als sonst.

Hallo, Corinna. Du bist hier zu Hause.

Sie zerrt sich die Bluse mit einem entschiedenen Ruck vom Leib und lässt sie fallen. Genervt nimmt sie den Hörer aus der Station im Flur und lässt sich im Wohnzimmer in den cremefarbenen Ledersessel fallen.

»Corinna Hartmann«, meldet sie sich wie gewohnt. Mit der freien Hand streicht sie sanft über das Leder.

»Hier ist deine Mutter. Dass du mal ans Telefon gehst, grenzt an ein Wunder. Ich habe es schon ein paar Mal probiert. Vier Telefoneinheiten verplempert für nichts und wieder nichts.«

Wie oft habe ich ihr schon gesagt, dass es pauschale monatliche Telefontarife gibt!? Dass sie dann nicht mehr wegen jeder Einheit herumzetern müsste.

»Schönen guten Abend.«

Der sarkastische Unterton ist an ihre Mutter garantiert verschwendet. »Dann bist du die Person, die nur auf den AB schnauft und auflegt. Das hatte ich mir schon fast gedacht. Kannst du nicht sagen, was du zu sagen hast, und ich rufe dich zurück, wenn ich Zeit habe?«

Corinna beschließt, sich auf keinen Fall den Abend verderben zu lassen.

»Du weißt genau, dass ich nicht auf diese Anrufbeantworter spreche. Du arbeitest doch zu Hause, wieso gehst du dann nicht dran?«

Corinna lässt die Vorwürfe an sich abperlen und antwortet mit neutraler Stimme: »Mama, ich erwarte Besuch und will gleich anfangen zu kochen. Also, was gibt's?«

»Besuch? Aha. Wann hast du mich denn das letzte Mal zum Essen eingeladen? Ich erinnere mich schon gar nicht mehr. Na ja, ich bin eben nur deine Mutter.«

Lass mich bloß in Ruhe mit deiner vorwurfsvoll theatralischen Nummer. Ich erinnere mich noch sehr gut an das letzte gemeinsame Essen.

Damals, kaum, dass ihre Mutter in den Flur getreten war, flog ihr die Bemerkung »Was hast du denn an?« wie ein Geschoss um die Ohren.

Wieso geraten wir beide immer sofort in vergiftetes Fahrwasser?

Als kleines Kind hatte Corinna ihre Mutter geliebt. Ihren Geruch, ihre tollen Kleider, wie sie leichtfüßig zu einem Schlager durch die Zimmer tanzte. Es war eine distanziert bewundernde Liebe gewesen. So wie man eine tolle Sängerin anhimmelt, sich wünscht, ihr nah zu sein. Mit ihrem Vater war es so viel einfacher gewesen. Er war freigiebig mit der Zuneigung zu seinen Kindern umgegangen. Sie seufzt.

»Rufst du deshalb an oder weswegen?«

»Natürlich nicht!«, flötet es am anderen Ende der Verbindung.

Corinna entgeht der schnelle Wechsel ins betont muntere Rollenfach nicht. Das heißt, dass ihre Mutter etwas von ihr will.

»Also, du weißt doch, dass ich im Herbst immer zwei Wochen nach Meran fahre. In diese gemütliche Pension. Frau Niemann kommt dieses Mal nicht mit, und da wollte ich dich fragen, ob du Lust hast, mitzufahren. Das Zimmer würde ich bezahlen. Was hältst du davon? Der Herbst ist so herrlich in Meran.«

Corinna hätte am liebsten laut geschrien. Zwei Wochen Meran. In der Pension lag das Durchschnittsalter der Gäste bei etwa siebzig Jahren. Eher darüber.

»Ich wollte dieses Jahr mal wieder zum Surfen fahren. Was ist denn mit Frau Niemann?«

»Zum Surfen! Du bist doch keine zwanzig mehr …«

»Aber auch noch keine siebzig. Was ist mit Frau Niemann? Seit Jahren fährst du mit ihr in Urlaub. Ich finde, in deinem Alter sollte man Freundschaften pflegen.«

»Frau Niemann. Frau Niemann. Seit wann interessierst du dich für Frau Niemann? Dauernd beschwert sie sich über die gestiegenen Preise. Ich habe fast den Eindruck, dass sie tatsächlich erwartet, von mir eingeladen zu werden!«

»Aber sie hat doch eine gute Pension als ehemalige Lehrerin.«

»Studienrätin!«

»Habt ihr Streit gehabt?« Vermutlich hat ihre recht-haberische Mutter jetzt mit Frau Niemann wieder mal eine gute Freundin vergrault.

»Jetzt lass doch mal Frau Niemann. Und über-haupt! Was ist denn mit deinen Freundschaften? Frau Becker aus meiner Wandergruppe meinte auch, dass es allerhöchste Zeit für Nachwuchs bei dir wäre …«

Das hört sich an wie ein Mutter-Tochter-Gespräch in einer sehr schlechten Filmkomödie. Hilfe!

»Was Frau Becker sagt, interessiert mich nicht. Ich bin mit meinem Leben sehr zufrieden!«

»Damals der Peter, der war so nett. Aber der war dir zu langweilig.«

Allerdings. Und das ist hundert Jahre her. Peter war ein gutaussehender Typ, nur mit der Zeit stellte sich heraus, dass er sich hauptsächlich für Bastelsets interessierte. Flugzeuge, Kriegs-schiffe, Panzer. An den Leimgeruch kann ich mich heute noch erinnern.

Corinna spürt blanke Wut in sich aufsteigen, ihr Gesicht glüht. Nach vier Semestern in Berlin hatte sie Peter an der Uni in Köln kennengelernt. Damals war sie Anfang zwanzig. Ein Jahr lang waren sie zusam-men, ihr einziger Ausflug ins heterosexuelle Bezie-hungsland. Micha hatte nach einem zu dritt verbrach-ten Abend nur den Kopf geschüttelt und gelästert.

»Mama, hör auf damit. Weißt du, wie lange das her ist? Dass du dich an den überhaupt noch erinnerst! Finde dich damit ab: Du wirst keine Oma! Es gibt Schlimmeres. Übernimm eine Patenschaft für ein

Kind in Südamerika oder sonst wo. Es gibt auch hier benachteiligte Kinder, die Hilfe brauchen. Übe Rechnen und Schreiben mit ihnen. Werde Lesepatin. Da gibt es tolle Projekte!«, platzt es aus ihr heraus.

»Du musst nicht gleich so laut werden. Du weißt, wie schnell ich Kopfschmerzen kriege. Frau Doktor Heller sagt, dass jede Aufregung pures Gift für mich ist.«

Corinna hat Lust, das Gespräch einfach wegzudrücken.

Früher konnte man so schön dramatisch den Hörer auf die Gabel werfen. Schade drum.

»Nimm eine Tablette, wenn du Kopfschmerzen hast, und reg dich eben nicht auf. Ich muss jetzt anfangen zu kochen.«

»Die Stéphanie von Monaco …«

»Die Stéphanie von Monaco interessiert mich nicht. Lass uns Schluss machen.«

Bevor ich mich völlig vergesse. Zwei Wochen Meran. Ein Albtraum.

»Kommst du Samstag mal vorbei? Ich habe einen Stoffmusterkatalog hier, wegen der neuen Gardinen.«

»Mal vorbei, das sagt sich so. Hundert Kilometer sind das jedes Mal. Samstag und Sonntag bin ich im Atelier. Die Woche drauf vielleicht.«

»Die Künstlerin hat natürlich mal wieder keine Zeit für ihre Mutter. Weißt du eigentlich, wie einsam ich bin?«

Mutter, Mutter! Ich schreie gleich! Weißt du, wie einsam ich bin?

Corinna atmet langsam ein und aus, hört nicht länger hin. Sie sieht die schmalen Lippen ihrer Mutter vor sich, die beleidigte Miene einer Schmierenkomödiantin. Ilses Repertoire ist ihr hinlänglich bekannt, hat vor Jahren so manche Therapiestunde gefüllt. Sie lässt sich keine Schuldgefühle mehr machen. Die mütterliche Wunderwaffe zündet nicht mehr ganz so zuverlässig.

»Ich komme am nächsten Samstag und schaue mir die Stoffe an. Und jetzt lege ich auf. Schönen Abend.«

Sie wartet eine mögliche Antwort nicht ab, drückt auf die Taste mit dem roten Symbol und wirft das Telefon auf den Beistelltisch.

Warum reagiere ich immer wieder so wütend? Weil sie sich anmaßt, über mich Bescheid zu wissen? Weil ich immer noch hoffe, dass sie mich wirklich einmal sieht? Mich liebt, ohne mich zu kritisieren oder manipulieren zu wollen! Zeit für ein Glas Rotwein. Die Salatsoße könnte ich auch schon vorbereiten.

Corinna geht in die Küche, schaltet den CD-Player an, dreht voll auf, nimmt ein Glas aus dem Schrank und gießt sich ein. Chet Bakers brüchige Stimme füllt den Raum. Sie schlüpft wieder in die verschwitzte Bluse und beschließt, später zu duschen.

Ihr Stiefvater ist vor Jahren mit einer jüngeren Frau auf und davon. Klassisch. Banal. Eine Zeit lang bedauerte sie ihre Mutter, ganz besonders nach Michas Tod vor zwei Jahren. Besorgt um die Mutter, gab sie in den ersten Monaten nach seinem Unfall ihrer eigenen verzweifelten Trauer kaum Raum. Wenn sie sich nicht gerade um Thomas kümmerte, saß sie bei ihrer Mutter oder telefonierte mit ihr.

Ich bin froh, dass sie zurück ins Leben gefunden hat. Dass sie wieder zum Chor geht und an den Wanderausflügen der Kirchengemeinde teilnimmt. Sie ist mehr unterwegs als ich.

Sie nimmt einen kräftigen Schluck Wein, durchquert mit ein paar Schritten die Küche und bindet die blaue Schürze um. Ein Mitbringsel ihrer Mutter aus Südtirol. Sie lacht kurz auf, spürt den Alkohol warm im Magen.

Marlene wollte gegen halb acht kommen, aber wie sie Marlene kennt, würde es eher acht Uhr werden. Sie kann sich Zeit lassen.

Mit geübten Handgriffen bereitet sie eine Vinaigrette, legt sich die Zutaten für die Lachssoße zurecht, deckt den Tisch und wäscht Rucola und Feigen. Ihr Magen knurrt, trotz der Schokotrüffel.

Kein Wunder, ich habe seit dem Frühstück nichts gegessen.

Sie schneidet ein Stück vom Fladenbrot ab, belegt es mit einem Stück Schafskäse und Rucola und beißt kräftig hinein. Ein angenehmes Gefühl der Entspannung macht sich in ihr breit.

Nach dem Abitur haben Marlene und sie Germanistik und Theaterwissenschaft studiert und mit dem Magister abgeschlossen. Marlene ist inzwischen Redakteurin bei einer Literaturzeitschrift und dabei, sich als Kritikerin einen Namen zu machen. Seit über zehn Jahren ist sie mit Jochen liiert – anfänglich ein totaler Schock für Corinna und den gesamten Freundinnenkreis. Sie zogen nach einem halben Jahr zusammen,

24

aber Jochen ist vor zwei Jahren dem unwiderstehlichen Angebot einer Computerfirma gefolgt und hat einen Job als Programmierer in Berlin angenommen. Marlene blieb in der gemeinsamen Wohnung, wollte auf keinen Fall nach Berlin zurück.

Marlene hatte sie damals wegen dieser Studentin verlassen, die Beziehung hielt jedoch nicht lange. Danach kamen bei Marlene weitere mehr oder weniger kurze Affären mit Frauen, bis sie Jochen kennenlernte. Corinna verletzte das mehr als ihr eigenes Verlassenwerden. Marlene und ein Mann! Das war unvorstellbar. Wann hatte sie sich je für Männer interessiert? Auf die Frage, warum Jochen, antwortete sie lapidar: »Er bringt mich zum Lachen. Das ist mal was anderes!«

Aber das ist Schnee von gestern. Eine Weile glaubte Corinna, Jochens Jobwechsel nach Berlin wäre der Anfang eines baldigen Beziehungsendes, aber da irrte sie gewaltig. Ganz im Gegenteil. Marlene und Jochen genießen ihre Fernbeziehung, freuen sich auf die gemeinsamen Wochenenden, aber genauso auf die »freien« Wochentage ohne einander.

Corinna hat gelernt, das Beste aus ihrem Singledasein zu machen. Sie verbringt Freitag und Samstag meist mit Malen in der Eifel, kommt Sonntagmittag nach Köln zurück. Meist sitzt Jochen dann in der Bahn Richtung Berlin, und sie und Marlene lassen gemeinsam das Wochenende ausklingen.

Bin ich zu sehr auf Marlene fixiert?

Damals meldete Marlene sich monatelang nicht. Sie ging nicht ans Telefon, blieb verschwunden. Später ist ihr klargeworden, dass Marlene sich aus Scham verkrochen hat. Weil es ihr so verdammt unangenehm gewesen war, »die Seiten« gewechselt zu haben.

Jochen ist in Ordnung. Er ist nicht der Typ, der ständig im Mittelpunkt stehen muss. Er quasselt einem nicht die Ohren voll, erklärt einem nicht Dinge, die man nicht wissen will. Eifersüchtig auf sie und Marlene ist er auch nicht. Er muss nicht gelobt werden, wenn er den Tisch abräumt. Wenn er spült, dann spült er und »hilft« nicht. Jochen ist umgänglich und ein guter Verlierer beim Poker.

Seitdem Marlene und Jochen die Fernbeziehung führen, sind die Zockerabende leider selten geworden.

Sieben Uhr. Corinna hängt die Schürze an den Haken. Alles ist vorbereitet. Im Schlafzimmer nimmt sie einen frischen Slip aus der Kommode und legt ein schwarzes Top mit V-Ausschnitt bereit. Die getragene Wäsche knüllt sie in den Korb neben ihrem Kleiderschrank und huscht, mit vor der Brust gekreuzten Armen, ins Badezimmer. Sie fröstelt ein wenig. Es dauert wieder ewig, bis die Wassertemperatur stimmt. Unter dem prallen Wasserschwall versucht sie, an nichts zu denken, sich nur dem heißen Wasser hinzugeben.

Als es an der Haustür klingelt, ist es zehn vor acht.

Corinna betrachtet sich kurz im Flurspiegel. Ihre noch leicht feuchten Locken glänzen, der knallige Lippenstift passt perfekt zur Strasskette.

Ich will ihr immer noch gefallen.

Sie drückt auf den Türöffner, schlüpft in ihre schwarzen Stiefel und erwartet Marlene an den Türrahmen gelehnt. Schnaufend landet Marlene auf dem Treppenabsatz im dritten Stock. Sie schwenkt eine Flasche und lächelt.

»Oh je. Ich sollte mal anfangen, etwas Sport zu treiben. Oder du solltest dir eine Wohnung mit Aufzug nehmen. Wir werden schließlich nicht jünger.«

Marlene drückt Corinna die Champagnerflasche in die Hand und küsst sie auf den Hals.

»Ich habe uns einen Schampus mitgebracht. Mmh, du riechst gut. Wie immer. Und du siehst umwerfend aus in deinem Künstlerinnenschwarz. Nur ein wenig müde um die Augen. Oder? Ich bin spät dran, tut mir leid. Wir hatten noch eine Sitzung. Ich bin gar nicht mehr zu Hause gewesen, deswegen mein Outfit.«

Marlene trägt einen grauen Businessanzug, dazu elegante Pumps. Ganz erfolgreiche Karrierefrau. Sie verdient gut und lässt andere gerne an ihrem finanziellen Glück teilhaben.

Corinna ist erleichtert, dass Marlene nicht nachhakt, aber sie kennt sie lange genug, um zu wissen, dass sie darauf zurückkommen wird.

»Komm rein. Magst du ein Gläschen von deinem Champagner zum Einstieg in einen gemütlichen Abend?«

Corinna liebt das Flair, das Marlene umgibt. Ganz gelassene Weltläufigkeit. Über die Selbstverständlichkeit, mit der Marlene Erfolg und Glück für sich akzeptiert, staunt sie immer wieder. Außerdem strahlt sie eine robuste Gesundheit aus und ziert sich nie beim Essen.

»Aber immer. Und ich habe einen Riesenhunger.«

Marlene streift ihre Schuhe ab und folgt Corinna in die Küche.

Jeder Raum wirkt sofort kleiner, wenn Marlene ihn betritt, bemerkt Corinna mal wieder bewundernd und öffnet die Champagnerflasche. Sie holt zwei hohe Sektkelche aus dem Schrank und gießt vorsichtig ein.

»Wie immer perfekt: den Korken nur sanft ploppen lassen und kein Tröpfchen daneben«, stichelt Marlene, aber ihr Tonfall ist liebevoll.

Marlene ist ein hoffnungsloser Fall in Haushaltsdingen. Corinna weiß, dass sie dieses Image vorsätzlich pflegt, um für den Rest ihres Lebens nicht mit Kochen, Waschen, Einkaufen und Putzen behelligt zu werden. An den Wochenenden kocht Jochen, und für den üblichen Haushaltskram beschäftigt Marlene eine Perle, wie sie ihre kölsche Putzfrau nennt. Frau Schmitt umsorgt Marlene fast mütterlich, und Marlene weiß genau, was sie an ihr hat.

»Danke für den Schampus und Prost.« Sie stoßen an.

»Salute, Schätzchen. Auf einen gelungenen Abend. Was machst du am Wochenende? Fährst du wieder in die Pampa zum Malen?«

Marlene leert ihr Glas, schenkt sich nach. Ihre Bewegungen sind wie immer raumgreifend. Corinna sieht schon ihr schönes mundgeblasenes Sektglas auf dem Boden landen. Scheinbar beiläufig stellt sie die Sektflasche vom Tischrand in die Mitte.

»Genau. Lisa ist in Hamburg unterwegs, schaut sich eine Galerie an. Vielleicht können wir im Herbst dort eine Ausstellung ausrichten. Montag oder Dienstag kommt sie zurück. Ich habe das ganze Atelier für mich. Ich möchte mir ein seit Langem unvollendetes Bild vornehmen und ein paar Rahmen bauen. Ich fahre Freitagabend. Vorher muss ich noch über die Fotoausstellung im Museum Ludwig schreiben. Und meine Rätsel abschicken.«

Corinna verfasst kurze Artikel für den Kulturteil der lokalen Tageszeitung, verdient ihr Geld aber hauptsächlich mit anspruchsvollen Denksport-Kreuzworträtseln für überregionale Zeitungen. Gelegentlich verkauft sie eines ihrer monochromen Bilder. Eine Inneneinrichterin, mit der sie vor zwei Jahren kurz was hatte, erweist sich im Nachhinein als treue Seele und überzeugt so manche ihrer Kundinnen von Corinna Hartmanns Gemälden.

Trotz eines gewissen Renommees in der Welt der Kreuzworträtselfreaks und trotz des langsam wachsenden Erfolgs als Malerin lebt sie mit ihren neununddreißig Jahren von der Hand in den Mund. Manchmal wünscht sie sich nichts sehnlicher als ein geregeltes Einkommen. Einen festen Stamm an Kunstsammlerinnen. Eine Galerie, die sie vertritt und ihr zwei Ausstellungen im Jahr ermöglicht.

Ich möchte auch aus dem Vollen leben können wie Marlene.

Aber will sie auch den Preis dafür zahlen? Marlene muss oft kurzfristig Verabredungen absagen, weil Arbeitstermine dazwischenkommen. Das macht dem

Arbeitstier Marlene nichts aus, aber ihr sind ihre Freiheiten wichtiger.

»Ach Süße, du bist so ein Trauerkloß geworden. Ewig hockst du zu Hause an deinen Rätseln oder bist in der Pampa zum Malen. Du kommst kaum noch unter Leute. Unter Frauen, genauer gesagt! Wie lange bist du jetzt von Julia getrennt? Zwei Jahre? Und wenn du mal nichts zu tun hast, hängst du vor der Glotze oder schaust DVDs. Du wirst noch eine ewig schlechtgelaunte Eigenbrötlerin. Wann gehst du endlich wieder tanzen?«

Marlene greift wieder nach der Flasche. Diesmal schenkt sie auch Corinna nach.

»Ich möchte dich wieder lachen sehen. Was ist los mit dir?«

Corinna steht auf, holt Brot und die Salatschüssel. Sie gießt die Vinaigrette über den Salat und hebt sie vorsichtig unter. Plötzlich ist ihr nach Heulen zumute. Sie trauert nicht um ihre verflossene Liebe zu Julia. Wie kommt Marlene nur darauf? Die hatte sich schon während ihrer Beziehung radikal verabschiedet. Das Salsa-Tanzen mit ihr, diese atemlos durchtanzten Nächte, die vermisst sie schon, aber das war lächerlich banal.

Sie trauert um Micha, ihren einzigen Bruder, der von seiner Namibiareise im Sarg zurückgekommen war. Ihr kleiner Bruder, der sich an jedes kleinste Detail aus ihrer Kindheit erinnert hatte. Mit Mühe hält sie die Tränen zurück. Marlene greift nach Corinnas Händen und lächelt sie an. Spitzbübisch, charmant.

Manchmal ist sie verdammt unsensibel, kapiert gar nichts.

»Komm, jetzt sei nicht eingeschnappt. Du bist eine kluge und attraktive Frau und seit zwei Jahren Single. Worauf wartest du?«

Corinna zieht ihre Hände zurück und setzt sich seufzend. »Ich bin nicht eingeschnappt, aber wie kommst du auf die bekloppte Idee, dass ich Julia vermisse? Es ist Micha, der mir so fehlt. Und jetzt fällst du auch noch über mich her. Vorhin am Telefon forderte meine Mutter mal wieder das ausstehende Enkelkind ein. Außerdem will sie mit mir nach Meran fahren. Im Herbst. Zwei ganze Wochen lang.«

Marlene fängt an zu lachen, sie kann sich nicht mehr halten vor Lachen. Tränen laufen ihr übers Gesicht und sie keucht: »Oh, da fahre ich aber mit. Da werden wir deiner Mutter mal ordentlich einheizen. Über unsere bevorstehende Heirat sprechen, meinen Wunsch, so schnell wie möglich schwanger zu werden und geeignete Samenspender unter die Lupe zu nehmen.«

Corinna sieht Marlene und ihre Mutter in einer überfüllten Südtiroler Bauernstube mit Wildfremden an einem Tisch, wo Marlene Intimitäten ausposaunt, alle Mienen erstarren, und muss jetzt doch mitlachen. Natürlich kennen sich ihre Mutter und Marlene seit Jahrzehnten. Als Corinnas beste Freundin ist sie im Haushalt der Hartmanns ein und aus gegangen. Ihre Mutter hat Marlene nie besonders leiden können, aber als sie ein Paar wurden – als Schülerinnen! – steigerte

31

sich ihre Ablehnung zu blankem Hass. Sie beschimpfte Marlene als Verführerin ihrer unschuldigen Tochter, hatte angeblich schon immer gewittert, dass »mit der etwas nicht in Ordnung« war. Wie hatte sie nur zulassen können, dass dieses verzogene Mädel bei ihrer Tochter im Bett übernachten durfte.

»Tolle Idee. Ich sag ihr morgen gleich Bescheid. Und jetzt lass uns endlich essen. Nimm dir schon mal Salat, ich gieße die Spaghetti ab, bevor sie matschig werden.«

»Ja. Ich sterbe vor Hunger. Ich habe übrigens auch noch eine Mutti-Geschichte in petto, die erzähl ich dir gleich.«

Marlenes Mutter war eine sogenannte Hildegard-Knef-Mutter, wie ihre eigene. Sie war über vierzig gewesen, als sie Marlene zur Welt brachte. Kein Kind von Traurigkeit, immer eine Zigarette im Mundwinkel und ein Glas Sekt in der Hand. Der leicht angeschlampte Haushalt bereitete ihr kein Kopfzerbrechen, und als lebenslustige Schönheit war sie ihr Leben lang zu jedem Abenteuer bereit gewesen. Zu Marlenes Geburtstagen bestellte sie beim Konditor eine bombastische Torte. Sie legte für die kleinen Gäste Musik auf und alle tanzten Arme schlenkernd durch das komplett ausgeräumte Wohnzimmer. Marlene liebte, vergötterte ihre Mutter. Vorletztes Jahr war sie achtzig geworden, kurz darauf hat sie einen Schlaganfall nur knapp überlebt und wohnt seitdem in einem Seniorenstift. Marlenes Vater war schon vor Jahren an einem Herzinfarkt gestorben.

»Köstlich deine Spaghettisoße. Du solltest echt ein Restaurant aufmachen. Du könntest deine Bilder an die Wand hängen und hättest zusätzlich eine eigene Galerie.«

Kurz überlegt Corinna, Marlene zu sagen, wie simpel die Spaghettisoße zuzubereiten ist. Für sie selbst nur das Ergebnis von Erfahrung. Auch beim Malen geht es darum, zusammenzusetzen, was sie lebenslang an Kultur aufgesogen und sich durch das Füttern ihrer Interessen immer wieder neu aneignet. Der Rest, der sich Kreativität nennt, kommt beim Tun.

Marlene wischt sich zufrieden seufzend mit der Serviette den Mund ab und probiert den Wein. Sie verzieht leicht das Gesicht.

»Ich weiß! Nach Champagner kommt nichts Besseres. Du musst es gar nicht sagen. Außerdem will ich nicht in einem Restaurant kochen!«

Das Letzte, was Corinna will, ist, als Köchin jeden Abend bis spät in die Nacht in einer tropisch heißen Küche zu stehen und für verwöhnte, nörgelnde Gäste zu kochen.

»Ach, vergiss es. So ist es doch viel schöner: Du verwöhnst mich und kannst mit mir Schampus trinken. Also, jetzt die Geschichte aus dem Altenheim. Letzten Freitag gab es nachmittags eine Kulturveranstaltung. Eine Lesung mit musikalischen Einlagen. Meine Mutter wollte erst gar nicht hin. ›Was soll ich mir all diese trüben Tassen anschauen?‹, hat sie mich angeblafft.«

Marlene lacht in sich hinein, nimmt eine Praline, streckt die Beine von sich und erzählt weiter.

»Den Sarkasmus hat sich meine Mutter trotz des Schlaganfalls bewahrt. Sie weigert sich vehement, an den wöchentlichen Bastelstunden, wie sie es nennt, teilzunehmen. ›Soll ich etwa wieder Bildchen ausmalen wie im Kindergarten?‹«

Corinna liebt diese Geschichten aus dem Heim.

»Aber ich habe sie dann doch überredet, sie flott angezogen und in den Veranstaltungssaal geschoben. Man saß an weiß eingedeckten Tischen, es gab Plätzchen vom Discounter und Kaffee. Der war sogar ziemlich gut. Die ersten Damen und Herren waren bereits eingenickt, als eine Elena Wieauchimmer, sorry, ich weiß, das geht nicht, aber ihren Nachnamen habe ich vergessen, die Bühne betrat. Sie war charmant, stellte sich kurz vor, sprach über den bevorstehenden Abend und die erste leichte Unruhewelle ging durch den Saal.«

Corinna mochte Marlenes flapsige Art, ihre spitze Zunge, die sie von ihrer Mutter hatte, aber manchmal gingen die Pferde mit ihr durch. Sie kam dann recht herablassend rüber.

Genau wie ich. Ekle mich vor einer armen Frau im Supermarkt, die es nur mit Mühe schafft, für ihr Haustier und sich selbst einzukaufen.

»Schau mich nicht so an. Ich meine das nicht despektierlich. Ich mochte Elena vom ersten Moment an. Sie spricht sehr gut Deutsch, nur dass sie das R wie einen Rachenlaut spricht. Eigentlich konnte man sie ganz gut verstehen. Zunächst spielte sie gekonnt, wirklich wunderschön, ein Klavierstück von Mozart, wechselte dann ans Mikrofon und begann, aus Rilkes Tagebüchern zu lesen. Nach dreißig Sekunden rief eine Dame vom Nachbartisch laut in den Saal: ›Ich verstehe die nicht. Die spricht doch gar kein Deutsch!‹ Elena schaute fragend ins Publikum – las dann aber weiter. Niemand hatte sie vorgewarnt, wie unerwartet brutal demente Leutchen einen verletzen können. Da sind einfach die üblichen Höflichkeitsfilter abgestellt. Einige Herrschaften begannen zu murren. Meine Mutter meinte nur: ›Die arme Frau. Aber wer ist denn bitteschön auf die Idee gekommen diese verquasten Tagebuchaufzeichnungen vorzulesen?‹ Mir hat die Frau total leidgetan. Aber echt: Wie kann man nur solch einen schwer verständlichen Text auswählen? Es gibt so viele bekannte Gedichte und diese Generation hat Gedichte en masse auswendig gelernt. Wie sich später herausstellte, hatte eine Bewohnerin, die erst ein paar Wochen zuvor eingezogen war, eine ehemalige Kulturamtsleiterin – und mittlerweile bereits Vorsitzende des Kulturgremiums im Heim – den Text ausgewählt. Frau Wolters, so heißt diese Dame, war völlig schockiert über den Verlauf der Veranstaltung. Man hatte ihr von Rilke abgeraten, aber sie hatte darauf bestanden.«

»Und, wie ist es ausgegangen? Musste das Ganze abgebrochen werden?«

Marlene schenkt Wein nach. Corinna denkt kurz an ihre Mutter, ist heilfroh, dass sie noch so vital und selbstständig ist. Heime sind deprimierend. Sicher, manche Menschen blühen wieder auf, weil sie dort mehr Kontakte haben. Sie schreckt vor allem der Gedanke, alt und hilfsbedürftig dem Pflegepersonal ausgeliefert zu sein. Aber noch mehr schreckt sie der Gedanke, in ein paar Jahren allein für ihre Mutter verantwortlich zu sein, Entscheidungen fällen zu müssen.

»Als zwei, drei Bewohner aufstanden und den Saal verließen, bin ich auf die Bühne gegangen, habe mich mit Elena kurz besprochen. Ich habe einen Scherz auf Rilkes Kosten gemacht, und aus dem Stegreif das einzige Gedicht, das ich jemals auswendig gelernt habe, vorgetragen. ›Die Glocke‹. Fest gemauert in der Erden und so weiter. Viele haben mitgesprochen, das war sehr anrührend. Danach hat Elena Klavier gespielt, sie ist studierte Konzertpianistin. Ihr Anschlag ist einfach wunderbar. Und ihr emotionales Musikverständnis erst. Die Stimmung wurde fast feierlich. Am Ende haben meine Mutter, Elena und ich noch ein Gläschen Wein getrunken. Frau Wolters kam kurz vorbei und entschuldigte sich bei Elena für ihre völlige Fehleinschätzung. Auch die Mitarbeiterin der Tagesgestaltung war froh, dass sich alles noch zum Guten gewendet hatte. Meine Mutter hat Elena gebeten, mal vorbeizukommen, wenn sie von ihrer anstehenden Tournee zurück ist.«

»Eine Altenheim-Dokusoap, wie fändest du das?«

»Klasse. Mit meiner Mutter als unbequemer Bewohnerin, die mit ihren sarkastischen Sprüchen jede Gutmeinerei abmeiert.«

Corinna betrachtet ihre lachende Freundin, spürt eine Enge in der Brust. Gedanken an den eigenen Tod sind ihr seit Michas tödlichem Unfall quälend nahe gerückt. Vor einem Unfalltod oder einem langen Dahinsiechen hat sie noch größere Angst als früher. Ihr Wunsch ist es, fünfundneunzig Jahre alt zu werden und sich dann auf das Ende einzustellen. Wann wäre der richtige Augenblick? Wenn sie die letzte Flasche Wein getrunken, das Toilettenpapier aufgebraucht, die Zahnpastatube mit knotigen Fingern leergedrückt hätte? Corinna verliert sich in Gedanken daran, wie gerne sie Dinge aufbraucht. Am liebsten würde sie Listen anlegen. Jedes leere Cremetöpfchen mit einem Strich würdigen. Jede geleerte Shampoo-Flasche. Ihre Lieblings-T-Shirts trägt sie als Nachthemden, bis sie fadenscheinig werden und reißen.

»Ob wir auch irgendwann im Heim landen?«

Corinna schreckt auf. Marlenes Stimme klang gerade ziemlich hasenherzig.

Ob wir auch mal im Heim landen?

Ihr Gesicht ist voller roter Flecken. Sie sieht angetrunken aus. Vielleicht sollte sie hier übernachten.

»Hoffentlich nicht. Stell dir vor, du hast den totalen Hieper auf einen Teller Spaghetti Bolognese und einen guten spanischen Rotwein und bekommst eine wässrige Milchsuppe und Kräutertee vorgesetzt.«

»Grauenhafte Vorstellung«, antwortet Marlene — wieder etwas munterer — und schiebt sich den letzten Schokotrüffel in den Mund.

»Und wer legt uns unsere Lieblings-DVDs ein und

kauft uns schicke Unterwäsche?«, schiebt Corinna nach.

Will ich mit fünfundachtzig überhaupt noch meine Lieblingsvideos anschauen? Werde ich Lust auf Wein haben?

»Wir sollten Freundschaften zu jüngeren Frauen, die unsere Vorlieben kennen, pflegen. Und versprich mir, dass wir nur zusammen in ein Heim gehen! Jochen wird mich sicher nicht überleben.«

»Hör auf, anderes Thema! Wann gehen wir ins Kino?«

Marlene schaut auf ihre Uhr, macht ein überraschtes Gesicht. »Oh, es ist spät geworden. Wie wäre es mit Sonntagabend? Jochen fährt um 18 Uhr, bist du dann aus der Pampa zurück?«

»Ja, ich denke schon. Lass uns telefonieren. Donnerstag wechselt das Programm, dann gucken wir mal, in welchen Film wir gehen. Hast du Lust, Donnerstagabend noch mal in die Cartier-Bresson-Ausstellung zu gehen? Da ist bis 22 Uhr geöffnet. Wir werden diese grandiosen Fotos nie wieder zu sehen bekommen.«

Das Museum Ludwig hatte nach Cartier-Bressons Tod vor ein paar Tagen spontan eine Ausstellung aus dem Boden gestampft – die Fotos aus dem Depot geholt und ohne jedes Brimborium einfach an die Museumswände gelehnt. Das Improvisierte wirkte charmant und anrührend zugleich.

Corinna denkt an die Frauen, die Cartier-Bresson während eines Aufenthaltes in den Abruzzen porträtiert hat. Diese Fotos haben sie vom ersten Moment an nicht mehr losgelassen. Sie konnte sich von ihrem Anblick kaum loseisen.

Zu Hause musste sie erst mal nachschauen, wo die Abruzzen liegen. Östlich von Rom, zwischen Apennin und Adria. Eine gebirgige Landschaft mit mittelalterlichen Bergdörfern, den angeblich schönsten in ganz Italien. Scanno war einer dieser Orte. Wie würdevoll die Frauen mit ihren traditionellen Hauben auf den Fotos aussahen. Sie gäbe ihre gesamten Ersparnisse für Abzüge dieser archaisch anmutenden Schwarz-Weiß-Bilder.

»Ich weiß noch nicht. Schön wärs. Wenn ich beizeiten aus der Redaktion komme, rufe ich dich an.«

Marlene steht auf und reckt sich. Mit schnellen Schritten geht sie um den Tisch herum und schlingt die Arme um Corinna.

»War mal wieder gemütlich bei dir. Danke für die Einladung. Ich bin so froh, dass du heute Abend mal gelacht hast. Ich hatte Angst um dich nach Michas Tod. Ich weiß, dass du deine Trauer nicht auf Knopfdruck abschalten kannst. Micha war dein einziger Bruder, ihr wart euch nah. Das braucht. Aber du weißt, dass du trotzdem glücklich sein darfst, oder?«

Corinna nickt, schmiegt sich in Marlenes Arme. Nach Michas Tod waren viele vor ihrer Trauer zurückgeschreckt. Als wäre Trauer eine ansteckende Krankheit. Marlene nicht. Sie war als einzige Freundin zu Michas Beerdigung gekommen, hatte wie ein Schutzengel den ganzen Tag an ihrer Seite gestanden. Das würde sie ihr nie vergessen.

»Ich hatte auch Angst um mich. Ich hatte keinen Boden mehr unter den Füßen, ich wollte nur bei ihm im Sarg liegen!«

Sie seufzt und streichelt Marlenes Arm.

»Ich habe heute vor dem Supermarkt einen Typen gesehen, der ihm von hinten stark ähnelte. Mein Herz hat einen Sprung gemacht, bis mein Verstand ›Er kann es nicht sein‹ sagte. Er wird für mich immer jung bleiben, immer der sechsunddreißigjährige, etwas zu füllige, charmante Micha.«

»Er hat das Essen genauso geliebt wie wir. Nur, dass wir Sport treiben. Ab und zu jedenfalls, was mich betrifft. So, Schätzchen, ich muss los. Ich habe morgen einen harten Arbeitstag vor mir, du glückliche Freiberuflerin.«

Marlene löst sich aus der Umarmung und geht in Richtung Flur. Corinna folgt ihr. Sie fühlt sich leicht angetrunken, es ist ein angenehmes Gefühl. Eine Art von Aufgehobensein. Sie möchte nicht, dass Marlene geht.

»Willst du nicht hier übernachten? Du bekommst auch einen wunderbaren Schlafanzug.«

»Seit wann brauche ich einen Schlafanzug, meine Süße?«

Marlene kommt erneut auf sie zu, schließt sie in die Arme.

»Nein, ich muss in mein Bett. Frisch und munter um halb sieben aus dem Bett springen. Ich bin mir nicht sicher, ob ich neben dir schlafen könnte.«

»Ich will nicht wissen, wie du das jetzt meinst. Also gut, wir sehen uns Donnerstag?«

»Das musst du auch nicht wissen, schöne Frau. Ja, am Donnerstag müsste eigentlich der Film mit Laura Tonke anlaufen.«

»Ich liebe Laura Tonke.«

Marlene greift nach ihrer Handtasche und küsst Corinna mitten auf den Mund. Ein wenig zu lang für einen normalen Abschiedskuss, wie Corinna findet. Sie umgreift Marlenes Arme und schiebt sie von sich.

»Du wirst doch nach all den Jahren nicht rückfällig werden?«

Geh jetzt und mach es mir nicht noch schwerer.

Marlene lächelt vieldeutig, dreht sich um und geht zügig Richtung Wohnungstür.

»Tschüss. War mal wieder ein schöner Abend mit dir. Oder habe ich das schon gesagt?«

Marlene wirft Corinna eine Kusshand zu. Dann sind nur noch Marlenes klackende Absätze im Treppenhaus zu hören. Sie schließt die Tür, hängt die Kette vor, macht das Licht im Flur aus. Im Wohnzimmer lässt sie sich auf das Sofa fallen, schließt die Augen. Gerade fühlt es sich an, als wäre sie die einzig verbliebene Person auf einem durch eine Katastrophe zerstörten Planeten.

Ich würde mich sofort wieder auf sie einlassen.

Sie schreckt auf, war kurz eingenickt. Der junge Rewe-Angestellte hat in ihre Einkaufstasche sehen wollen. Es ist eine Erleichterung, nur auf die abgegessenen Teller, die leeren Weingläser und Schüsseln auf dem Tisch zu schauen.

Ich räume morgen auf. Ist sowieso nichts übrig geblieben.
Wen sollte das schmutzige Geschirr stören?

Als sie mit Julia zusammenlebte, stritten sie ständig
wegen solcher Lappalien. Bei Julia musste alles sofort
abgewaschen und weggeräumt werden, egal wie spät
es war. Wenn Freundinnen zu Besuch waren, zog sie
ihnen die leer gegessenen Teller buchstäblich unter
der Nase weg. Jeden Samstagmorgen zückte Julia ihren Filzstift und notierte in knallroten Druckbuch-
staben jeden Handschlag, der im Laufe der Woche zu
erledigen war. Gut lesbar auf einem Riesenzettel. Die
Arbeitsliste der Woche pinnte sie selbstzufrieden an
den Kühlschrank.

Frisch verliebt machte Corinna gute Miene zum
nervtötenden Spiel, das sich leider als kein bisschen
spielerisch erwies. Sie erledigte widerspruchslos die
ihr zugeteilten Aufgaben. Nach einer Weile versuchte
sie es mit Ironie. Sie schlug die Augen nieder und be-
richtete in demutsvoller Haltung, dass die Sklavin das
Becken im Badezimmer und die Toilette geputzt
hatte. Fragte, ob die Herrin die Arbeit kontrollieren
wolle. Julia warf ihr wütende Blicke zu und redete den
Rest des Tages kein Wort mehr mit ihr.

Diese Tyrannei ging ihr irgendwann nur noch gegen den Strich. Julia diskutierte nicht, alles musste
nach ihrer Vorstellung laufen, sonst reagierte sie pam-
pig und bestrafte sie durch Liebesentzug. Ganz prak-
tisch bedeutete das: Du hast das Waschbecken im Bad
nicht gründlich genug geschrubbt – erwarte also
nicht, dass ich dir in irgendeiner Form nahekomme,

geschweige denn, sexuelle Annäherungsversuche deinerseits zulasse. Nach einem halben Jahr war Schluss. Es war hoffnungslos: Julia würde eine humorlose Kontrollqueen bleiben.

Corinna seufzt, greift nach der Fernbedienung. Julia war nach der Trennung aus ihrem Leben verschwunden, auch als Tanzpartnerin. Mit einer durchtanzten Nacht in einem Salsa-Club hatte alles begonnen. Wie konnte diese umwerfende Tänzerin nur so zwanghaft putzsüchtig sein? Aber Corinna hätte es wissen müssen. Als Julia sie das erste Mal zu sich nach Hause einlud, fühlte sie sich wie in einer Hotelsuite. Möbel, Kissen, Geschirr, selbst der Kunstdruck an der Wand: Alles war schwarz-weiß.

Wieso bin ich mit ihr zusammengezogen?

Sie musste um jeden Flecken Farbe in den gemeinsam einzurichtenden Räumen kämpfen. Ein zitronengelbes Bild, das sie für Julia zum Geburtstag malte, landete in der Gästetoilette. Beim Auszug ließ sie es hängen.

Corinna legt die Beine auf das Sofatischchen, zappt sich durch die Sender.

In einem der dritten Programme wird ein Wallander-Krimi gezeigt. Kurz verfolgt sie das Filmgeschehen, bevor sie den Sender wegdrückt. Thriller vor dem Schlafengehen sind Gift für sie. Marlene liebt amerikanische CSI-Serien. Vor ein paar Wochen haben sie gemeinsam eine Folge angeschaut. Das viele Blut, die zerfetzten Körper in der Pathologie suchten sie nächtelang heim. Früher stapelten sich Krimis neben ihrem Bett. Jetzt sind es Kochbücher. Kiloweise sind die Krimi-Schwarten im Papiermüll gelandet.

Sie streckt sich, steht auf und stellt den Fernseher ab. Das ist ein kritischer Moment. Selten fühlt sie sich einsamer, als wenn sie Geräte und Licht ausschaltet, um ins Bett zu gehen. Als sie gerade das Wohnzimmerlicht löschen will, klingelt das Telefon.

Hat Marlene etwas vergessen? Wer sonst würde um diese Zeit noch anrufen? *Oder ist Ilse etwas passiert? Wir haben heute Nachmittag telefoniert, aber was heißt das schon?*

Sie drückt ihre rechte Hand aufs Herz. Ein plötzlicher Krampf.

Ich will nicht rangehen!

Mit Thomas telefonierte sie nach Michas Tod fast täglich. Oft in der Nacht. Wie in einem dunklen dichten Kokon murmelte sie alles, was sie jemals mit ihrem Bruder erlebt hatte, in die Leitung. Thomas schilderte wieder und wieder ihre letzten gemeinsam verbrachten Stunden. Worte wie Beschwörungen, für sie beide ein Trost. Nachdem sie aufgelegt hatten, kam der Schmerz zurück.

Thomas hatte überlebt – mit gebrochenem Handgelenk, Prellungen und Schnittwunden. Das Bild seines toten Lebensgefährten im umgekippten Bus ins Gedächtnis eingebrannt. In letzter Zeit hat er sich rar gemacht, die Politik scheint ihn zu verschlingen. Oder vielleicht lässt er sich nur zu gerne von der Arbeit verschlingen.

Nach fünfmaligem Läuten schaltet sich der AB an.

Sie hört den Piepton, dann eine weiche, leicht dialekt-gefärbte Stimme.

»Guten Abend. Entschuldigen Sie den späten Anruf. Mein Name ist Susanne Bach. Ich rufe aus Leipzig an. Heute ist ein besonderer Tag ...«

Ich kenne Dich nicht, was willst Du bitte schön von mir?, geht es Corinna durch den Kopf. Sie spürt ihr Herz hart bis zum Hals hämmern. Sie atmet durch, reißt sich zusammen.

Was ist das denn für eine Spinnerin?

Die Stimme der Anruferin bricht kurz ab.

Was will sie? Hört sich angetrunken an.

»Ich bin eine alte Kollegin, Freundin Ihres Bruders ... ich ... kannte ihn seit 1990. Ich würde gerne mit Ihnen persönlich sprechen. Eigentlich wollte ich Ihnen seit Langem schreiben ... Ich versuche es die Tage ... «

Corinna reißt das Telefon aus der Station. Schlagartig ist sie hellwach, will unbedingt mit dieser Frau reden.

»Ja. Corinna Hartmann am Apparat.«

»Oh. Guten Abend. Äh... Sie sind zu Hause.«

Die Fremde lacht kurz und verlegen.

»Das mache ich auch öfter, einfach erst mal hören, wer anruft.«

»Sie kannten meinen Bruder Michael?«, unterbricht Corinna.

Komm zur Sache!

»Ja. Er kam nach der Wende zu uns in die Deutsche Bücherei nach Leipzig, um unsere spezielle Methode der Papierspaltung kennenzulernen.«

Deswegen ruft sie mich mitten in der Nacht an?

Corinna erinnert sich vage, dass Micha ihr mal von der Spaltmaschine eines DDR-Professors erzählt hat. Eine komplexe Restaurierungsmethode, die man im Westen nicht kannte. Micha hat es geliebt, ziemlich ausführlich von seiner Arbeit zu erzählen. Sie hat oft nach zwei Sätzen nicht mehr zugehört.

Die Frau am anderen Ende räuspert sich.

»Aber ich rufe Sie nicht um diese Zeit an, um über Buchrestaurierung zu reden. Entschuldigen Sie, ich bin ein wenig angetrunken. Seit zwei Stunden sitze ich hier und starre das Telefon an. Ich habe es nicht mehr ausgehalten, musste endlich mit Ihnen sprechen. Heute haben wir … Ihr Bruder und ich … ich war schwanger von Ihrem Bruder, als er verunglückte. Vorletztes Jahr im August ist Jan Michael zur Welt gekommen. Ihr kleiner Neffe. Heute ist er zwei Jahre alt geworden.«

Was erzählt diese Frau da? Mein Bruder war schwul. Er war über zehn Jahre lang mit Thomas zusammen, als er durch diesen beschissenen Safaribus geschleudert wurde und nicht wieder aufstand. Diese Frau behauptet, dass sie Micha schon kannte, bevor er sich Hals über Kopf in Thomas verliebte?

Sie erinnert sich an die Party in diesem hippen Schuppen, wo Thomas mit seinem damaligen Freund ziemlich spät aufgekreuzt war, als wäre es gestern gewesen. Er war zu Besuch in Köln, am Tag des Anschlags auf Karsten Rohwedder – dem Leiter der Treuhand. Eigentlich hatten sie und Micha keine richtige Lust auf die Party gehabt. Sie waren mit Marlene

46

beim Griechen zum Essen gewesen, hatten lange über das Attentat gesprochen, die Entscheidungen der Treuhand diskutiert. Sie wollte nach Hause, hatte Kopfschmerzen. Micha war unschlüssig. Marlene ließ nicht locker, hat sie beide schließlich überredet, mitzukommen.

Micha und Thomas – zwei Männer, die sich nie zuvor begegnet waren, trafen auf der Tanzfläche aufeinander und ließen sich nicht mehr aus den Augen. Beide gleich groß, gutaussehend, leidenschaftliche Tänzer. Später knutschten sie in einer Ecke des Clubs. Sie war mit Marlene ohne Abschied abgehauen, peinlich berührt von dem rücksichtslosen Verhalten der beiden Männer. Thomas trennte sich noch in der Nacht von seinem Freund und ging mit Micha nach Hause.

Ich hätte nicht abnehmen sollen. Ich werde nachher ewig nicht einschlafen können.

Wenn sie an Micha denkt, sieht sie den umgekippten Bus mit Toten und Verletzten, als wäre sie dabei gewesen. Sie kennt den Unfallhergang von Thomas' Schilderungen. Und von Gesprächen mit den anderen Reiseteilnehmern, die auf Michas Beerdigung waren. Es hatte sie sehr gerührt, dass – bis auf die Schwerverletzten – sämtliche Überlebenden anreisten. Sie wurde umarmt, als wäre sie ein Teil von ihnen, als wäre Micha ein langjähriger Freund gewesen.

Sie zwingt sich in die Realität zurück.

»Hören Sie. Mein Bruder war schwul. Was erzählen Sie mir da?«

Es stimmte, dass Micha 1990 und später öfter beruflich in Leipzig zu tun hatte. Wieso wollte diese Susanne Bach einen Toten als Vater für ihr Kind?

»Ich war im dritten Monat schwanger von ihm, als wir uns zum letzten Mal sahen. Ich bin nach Frankfurt gekommen, um es ihm persönlich zu sagen – als ich davon ausgehen konnte, dass mit der Schwangerschaft alles in Ordnung war. Er wollte sich von Thomas trennen, es ihm im Urlaub beibringen. Micha hat sich sehr auf das Kind gefreut. Ich habe nicht vom ihm verlangt, sich von Thomas zu trennen – falls Sie das glauben sollten! Er sollte nur wissen, dass er Vater wird.«

Wie diese Frau so selbstverständlich Micha sagt.

Alles in ihr rebelliert gegen diese Person. Susanne Bach! Ihr ist kotzübel.

Dass Micha und sie in Liebesdingen das eigene Geschlecht bevorzugten, fand sie toll. Sie kannte einige solcher Geschwisterpaare. Bei ihrer Abifeier verliebte Micha sich in Jan, ihren hübschen Mitschüler. Es war nicht lange gut gegangen mit den beiden. Micha war zu ernsthaft für den flippigen Jan mit seinen ständigen Affären.

Nach der Trennung von Jan stürzte Micha sich in eine Buchbinderlehre, absolvierte ein Praktikum an der Deutschen Bibliothek und anschließend gab es nichts anderes als sein Restaurationsstudium. Es gab eine kurze Sache mit einer Studienkollegin, ein Ausflug ins heterosexuelle Liebesleben. Schneller beendet als begonnen. Ende 1991 zog er mit Thomas

48

zusammen. Sie hat geglaubt, dass Micha ihm all die Jahre treu war. Dass ihr Bruder keiner von denen war, die wild herumvögelten. Bei Thomas war sie sich da nicht so sicher gewesen. Die beiden gaben das schwule Vorzeigepaar in Frankfurt: der erfolgreiche, grüne Anwalt und der bärige, charmante Buchrestaurator. Sie machten keinen Hehl aus ihrer Liebe, was der Karriere von Thomas als Spitzenkandidat der Grünen bei den Landtagswahlen nicht schadete. Micha lächelte an seiner Seite.

»Ich glaube Ihnen nicht! Brauchen Sie unbedingt einen Vater für Ihr Kind? Wieso muss es mein toter Bruder sein?«

Corinna ist den Tränen nah. Diese Frau schlägt mit Boxhandschuhen auf ihr Herz ein.

Ihre Stimme klingt so freundlich, ein wenig traurig sogar. Was, wenn sie die Wahrheit sagt?

»Ich möchte, dass Jan Michael seine Tante und seine Oma endlich kennenlernt. Meine Eltern sind lange tot, und ich bin Einzelkind. Er geht in den Kindergarten und fängt langsam an zu sprechen. Vor einer Woche fragte er zum ersten Mal nach seinem Papa.«

»Meine Mutter wäre entzückt«, antwortet Corinna mit sarkastischem Unterton.

Endlich ein Enkelkind, ganz gleich, ob es von Michael war oder nicht.

»Es gibt finanziell nichts zu holen, falls es darum geht. Mein Bruder hat sein gesamtes Geld bei Aktienspekulationen und Investitionen in wertlose Ost-

Immobilien verloren. Meine Mutter kommt mit ihrer Rente gerade mal so über die Runden, und ich bin Freiberuflerin.«

Sie hört die Anruferin schlucken, sie scheint mit den Tränen zu kämpfen. Dann ein Räuspern, bevor sie mit belegter Stimme weiterspricht.

»Es geht nicht um Geld, überhaupt nicht. Ich weiß, dass Micha sein Geld in den Sand gesetzt hat. Er wollte einfach nicht glauben, dass die Altbauwohnungen, die er in Leipzig gekauft hatte, ständig an Wert verloren und kaum zu vermieten waren.«

Corinna erinnert sich an die Euphorie, mit der Micha über seine Wohnungen im Osten sprach. Er wollte in erster Linie Steuern sparen, aber langfristig rechnete er mit Wertsteigerungen.

»Ich werde Ihnen ein Foto von Jan Michael schicken. Wenn Sie mir Ihre E-Mail-Adresse geben, auch gern sofort. Ihr Neffe ist nach Michas erster großer Liebe benannt, das hat er sich so gewünscht. Jan ist vor drei Jahren an Aids gestorben.«

Corinnas Magen krampft, Salzsäure schießt ihr beißend in die Speiseröhre. Sie schluckt, schnappt nach Luft.

Diese Frau weiß mehr als ich. Jan tot? Wieso hat mir Micha das nicht erzählt?

Dass er sein ganzes Geld verloren hatte, erfuhr sie erst nach seinem Tod. Vielleicht sind weitere Enthüllungen gar nicht unwahrscheinlich, muss sie sich eingestehen.

»Er wollte es Ihnen nach dem Urlaub sagen. Erst musste er mit Thomas reden.«

Corinna schweigt.

Die Frau am anderen Ende der Leitung seufzt tief. Dann spricht sie weiter.

»Dazu ist es nicht gekommen. Ich habe Herrn Dr. Haas, Thomas, gefragt.«

»Sie haben mit Thomas gesprochen? Wann?«

Corinna spürt, wie ihr Gesicht heiß anläuft.

Was nimmt sich diese Frau heraus?! Dringt ungebeten in meine Familie ein.

Sie fragt sich, wieso sie so verdammt wütend ist. Weil Micha nicht als Erstes mit ihr gesprochen hat?

Thomas hat sich seit Wochen nicht gemeldet. Ihre E-Mails beantwortet er nicht. Direkt nach der Katastrophe war sie für ein paar Tage bei ihm eingezogen, verzweifelt hatten sie sich aneinander geklammert. Wie nah sie sich gewesen waren! Vielleicht hat er sich verliebt und traut sich nicht, es mir zu sagen, war es ihr vor Kurzem noch durch den Kopf gegangen.

»Vor ein paar Tagen. Er hat mich ausgelacht. Erst als ich ihm ein paar körperliche Details von Micha beschrieb und ihre gemeinsam verbrachten Urlaube aufzählen konnte, wollte er mir zuhören. Er glaubte, dass ich Geld wollte, oder ihn als gehörnten schwulen Ehemann bloßzustellen gedachte. Hinterher wusste ich gar nicht mehr, warum ich ihn angerufen hatte. Vielleicht wollte ich einer Person nahe sein, die Micha geliebt hat. Das konnte natürlich nicht der Ehemann sein, der von nichts wusste. Das war kopflos von mir.«

Jetzt will Corinna das Foto sehen. Wie sehr hat sie sich nach Michas Tod gewünscht, dass er wenigstens ein Kind hinterlassen hätte. Sie hat sich sogar gefragt, ob er Samenspender war, vielleicht ein oder mehrere lesbische Paare ein Kind von ihm aufzogen. Ihr wütender Widerstand gegen die Anruferin fällt in sich zusammen. Sie spürt eine zarte Freude in sich aufsteigen.

Ich habe einen kleinen Neffen.

Sie ist bereits überzeugt.

Mit leiser Stimme nennt sie Susanne Bach ihre E-Mail-Adresse.

»Bitte schicken Sie mir das Foto jetzt gleich.«

»Ja, natürlich. Ich bin so froh, dass Sie mir glauben.«

Die Erleichterung der Anruferin ist sprichwörtlich mit Händen zu greifen. Für einen kurzen Moment fliegt ihr Herz dieser Frau zu. Gefolgt von einer immensen Erschöpfung.

Das ist alles zu viel. Ich bin völlig ausgelaugt.

Fast schroff antwortet sie: »Bitte erwarten Sie heute Abend keine Reaktion mehr auf das Foto. Ich werde mich morgen bei Ihnen melden. Ich muss das alles erst mal verdauen. Gute Nacht und …«

Abrupt beendet sie das Gespräch, stellt das Telefon in die Station zurück, geht zu ihrem Schreibtisch, um den Computer hochzufahren. Tränen laufen ihr über die Wangen. Sie sitzt auf dem Bürostuhl und vergräbt das Gesicht in den Händen. In ihr ist   Chaos, aber nicht dieser bodenlose Schlund der Verzweiflung. Am liebsten würde sie Marlene anrufen. Aber die würde inzwischen träumend in ihrem Bett liegen.

Ein paar Minuten hängt sie verkrampft über der Tastatur, dann klickt sie auf das E-Mail-Programm, verfolgt das Eingehen der Nachrichten. Drei Werbe-E-Mails löscht sie sofort. Der Name Susanne Bach sticht ihr ins Auge. Ihre Halsschlagader pocht, ihre Hände zittern. Sie öffnet sofort den Anhang, sieht Micha auf einem Schaukelpferd sitzen. Blonde Locken, graublaue Augen und ein pausbäckiges, fröhliches Gesicht. Sein Gesicht, sein Lächeln. Sie möchte ihren Bruder umarmen, durch die Locken zausen, küssen, am Bauch kitzeln. Er ist zurück, ihr aufgeweckter kleiner Micha. Der weiche Kragen ihrer Bluse ist tränennass. Sie druckt das Foto aus.

Als sie auf die Zeitanzeige ihres PC schaut, sieht sie, dass es zwei Uhr. ist Sie speichert die E-Mail-Adresse von Susanne Bach und drückt auf »Antworten«.

»Danke! Ich melde mich. Corinna«, ist alles was sie schreibt.

Trauer und Glücksgefühle toben in ihr. Und eine Menge Wut auf Micha. Weil er sich ihr nicht anvertraut hat, bevor er nach Namibia geflogen ist. An den Tod als Möglichkeit hat er nie denken wollen. Über den Tod konnte man mit ihm nicht sprechen.

»Es lohnt nicht, sich Gedanken zu machen. Wenn es soweit ist, dann ist es sowieso egal«, sagte er bei einem der letzten gemeinsamen Abendessen.

Blödmann!

Ja, für ihn war es egal, aber nicht für die Zurückgebliebenen. Wieso hat er ihr verschwiegen, dass Jan gestorben war? War er zu seiner Beerdigung gefahren? Hat sie Micha überhaupt gekannt? Er war ein großer Geheimniskrämer, der sich ungern in die Karten gucken ließ. Einen ernsthaften Gesprächsversuch gerne mit einem Witzchen konterte.

Sie geht in die Küche. Schüttet ein Glas Wasser aus der Leitung in sich hinein. An Schlaf ist nicht zu denken, ihre Gedanken fahren Karussell, ihr Puls ist zu hoch.

Jan Michael. Dieses Kind ist ein Geschenk, auch wenn sie nicht fassen kann, dass ihr Bruder mit einer Frau Sex gehabt hatte und sich von Thomas trennen wollte. Sie nimmt das Foto wieder in die Hand. Dieser kleine Junge ist ein Realität gewordener Freudscher Wunscherfüllungstraum.

Ich muss ihn sehen, diesen kleinen Micha.

Kurz hat sie den Impuls, Thomas anzurufen, verwirft den Gedanken aber sofort wieder. Wenn Thomas mit ihr über dieses Kind hätte reden wollen, hätte er sich gemeldet.

Sie würde am Wochenende nach Leipzig fahren. Susanne Bach. Mutter ihres Neffen, von dem sie bis vor einer Stunde nichts geahnt hat. Wer ist diese Frau?

Wie muss sie sich gefühlt haben, als sie nichts mehr von Micha hörte? Wie hat sie es erfahren?

Sie geht zurück an ihren Arbeitstisch, gibt den Namen Susanne Bach ein. Hundertzweiundachtzig Treffer. An dritter Stelle, das ist sie.

Susanne Bach, Dipl.-Restauratorin für Buch und Grafik, zunächst Facharbeiterin für buchbinderische Weiterverarbeitung, dann Studium am Museum für Deutsche Geschichte, Fachrichtung »Restaurierung von Büchern und Kulturgut aus Papier«, bis 1994 tätig an der Deutschen Bücherei Leipzig, dann am Zentrum für Bucherhaltung, kümmerte sich 2002 um die von der Hochwasserkatastrophe beschädigten Bücher, seit 2003 in der Preservation Academy Leipzig tätig.

Sie ist vier Jahre älter als Micha, hat einen ähnlichen beruflichen Werdegang. Erst Lehre, dann Studium, dann an einem Museum tätig, um schließlich zu einer privaten Institution zu wechseln.

Dass Micha diese Frau in professioneller Hinsicht spannend fand, steht außer Frage. Aber wie war er mit ihr im Bett gelandet?

Corinna seufzt, reibt sich die Augen. Wieder betrachtet sie das Foto. Die Ähnlichkeit ist kaum auszuhalten. Sie zweifelt keinen Moment, dass Jan Michael ihr Neffe ist.

2. Die Luft ist abgestanden

Die Luft ist abgestanden und ekelhaft warm, als Corinna die Eingangstür zu ihrem Atelier öffnet. Rasch durchquert sie das riesige Zimmer mit dem alten verkratzten Parkettboden und öffnet Fenster und Läden.

Der Blick auf die Kiefern ist in jeder Jahreszeit wunderschön, aber die Wiese ist braun verbrannt. Gegen Ende August nicht ungewöhnlich. Auch in der Eifel hat es schon seit drei Wochen nicht mehr geregnet. Aber es ist kühler als in der Stadt. Eine Erholung.

Ich muss die Dahlien gießen.

Weißwein und ein paar Lebensmittel verstaut sie sofort im Kühlschrank. Kartoffeln und Eier kann sie später bei Moni, Lisas Schwester, holen. Die ausgebaute Scheune, die sie und Lisa als Atelier oder Sommerfrische nutzen, gehört zum Bauernhof von Moni und Rudi. Moni betreibt einen kleinen Hofladen. Milchprodukte, Gemüse, Kartoffeln, Eier, alles bio und frisch.

Sie möchte nicht länger als zwei Nächte bleiben. Und groß kochen will sie auch nicht.

Vielleicht komme ich hier ein wenig zur Ruhe.

Dem Impuls, sofort nach Leipzig zu fahren, hat sie nicht nachgegeben. In einem solch aufgewühlten Zustand will sie dort nicht aufkreuzen. Susanne Bach kommt als berufstätige Frau mit Sicherheit am späten Nachmittag, nachdem sie den Kleinen von der Kita abgeholt hat, müde nach Hause. Da scheint es keine gute Idee, unter der Woche einfach so aufzukreuzen.

Seit dem nächtlichen Telefonat haben sie nichts mehr voneinander gehört. An Schlaf war in der Nacht nicht zu denken gewesen. Am liebsten hätte sie sich sofort ins Auto gesetzt. Aber es war besser, die in alle Richtungen überschießenden Gefühle ein wenig abklingen zu lassen.

Heute früh hat sie versucht, Marlene zu erreichen. Ihre Freundin war auf dem Sprung, schon halb aus der Tür. Hat nur schnell die Gelegenheit genutzt, den gemeinsamen Ausstellungsbesuch abzusagen. Ihr war es ganz recht, sie würde Freitag tagsüber – wenn weniger Besucher zu erwarten waren, ein letztes Mal die Fotos betrachten.

»Süße, hast du was?«, hat Marlene gefragt. Aber dann folgte: »Erzähl es mir die Tage, ich muss wirklich los.«

Corinna geht in die Küchennische, holt die Schachtel mit den Pralinen aus dem Eisfach. Im brüllend heißen Auto waren sie während der einstündigen Fahrzeit geschmolzen. Sie setzt einen Kaffee auf und betrachtet die wieder erstarrten, verformten Schokoquadrate. Sofort hat sie Bilder von heute Morgen im Supermarkt vor Augen.

Gerade als sie die kleine Schachtel – scheinbar unbemerkt – in die Tasche steckte, stand eine der Angestellten

57

neben ihr. Eine Blonde, die man nie an der Kasse sieht, vermutlich für die Süßwarenabteilung zuständig. Einen Kopf kleiner, lächelte sie verschämt, als hätte sie selbst gerade Pralinen geklaut, und sagte mit freundlicher Stimme: »Bitte seien Sie so gut und legen Sie die Schachtel in den Einkaufskorb. Ist besser so.« Schon war die Blonde in Richtung Lager verschwunden. Völlig überrumpelt hat sie die Schachtel aus ihrer Einkaufstasche gezerrt, ist panisch zur Kasse geflohen. Sie kann es immer noch nicht fassen. Diese Angestellte hat sie beim Klauen beobachtet und nichts unternommen. Außer, sie freundlich und bestimmt zurechtzuweisen.

Was für ein Glück ich hatte! Gewarnt bin ich auch! Völlig geräuschlos stand sie plötzlich neben mir.

Sie wählt einige der deformierten Pralinen aus, platziert sie auf ein Tellerchen und geht ins Atelier zurück. Sie nimmt das weiche Tuch von der Staffelei, betrachtet das unfertige Gemälde. Sie ist nicht zufrieden, weiß aber im Moment nicht weiter.

Vielleicht sollte ich erst mal runterkommen und einen Rahmen bauen, bevor ich am Bild weiterarbeite.

Der Grundton des fast beendeten Bildes besteht aus einem Chromgrün, an manchen Stellen hat sie ein helles Gelbgrün aufgetragen. Sie arbeitet gerne mit Ölfarbe – die trocknet nicht so schnell auf der Leinwand. Meist wählt sie eine einzige Grundfarbe, hellt sie auf oder dunkelt sie ab. Die sich bildenden Nuancen des Farbtons lassen interessante Kontraste entstehen.

Diesmal hat sie zwei Farbtöne aufgetragen, mit Rakel und Bürsten bearbeitet, erneut Farbe aufgetragen und die Oberfläche mit einer Bürste aufgeraut. Aber die Emotion, die das Bild in ihr auslöst, stimmt nicht.

Es fehlt an Tiefe.

Corinna zieht den schweren Polstersessel heran und setzt sich vor die Leinwand. Sie schließt kurz die Augen, betrachtet das Bild erneut.

Ich sollte auf jeden Fall zuerst was Handwerkliches machen, sonst versaue ich alles.

Sie schaut zur weiß gekalkten Wand hinter der Staffelei, wo eine sehr gute Reproduktion von van Goghs »Weizenfeld mit Schnitter« hängt. Eine Monochromie in Gelbtönen, mit erkennbarer Sommerlandschaft, der Sonne und dem Schnitter. Ein Bild, das er in Saint-Rémy-de-Provence in der Nervenheilanstalt gemalt hat.

Einfach perfekt.

Mit diesem Bild hat alles angefangen. Als sie es zum ersten Mal sah, wollte sie nur noch monochrom malen – aber abstrakt.

Sie hat einige Semester an einer privaten Kunsthochschule studiert, vieles ausprobiert, aber seit Jahren malt sie einfarbig. In Gelbtönen, Grün oder Orange. Blau ist tabu. Die Blautöne gehörten Picasso oder Yves Klein. Das Blau »ist das sichtbar werdende Unsichtbare« hat Klein gesagt. Der hatte sich sein tiefes Ultramarinblau 1960 patentieren lassen. Jahrelang hatte er mit Kunstharzen und dem Farbpulver experimentiert, bis er die richtige Leuchtkraft und die nötige

Haftung erreichte. Ganz in der Nähe, auf der Museums-
insel Hombroich, konnte man einige seiner Werke betrachten, ins Blau starren, bis man im Unsichtbaren landete. Jedes Jahr verbringt sie mit Marlene einen ganzen
Tag in diesem Landschaftspark, in dem kein einziges
Werk mit dem Künstlernamen oder einem Titel ver-
sehen ist.

Corinna hat sich intensiv mit Yves Kleins Leben
befasst. Die giftigen Dämpfe beim Anrühren und
Verarbeiten der Farbe haben zu seinem frühem Tod
beigetragen. Mit vierunddreißig Jahren ist er nach
dem dritten Herzinfarkt gestorben. Ein früher Tod,
wie bei vielen Popkünstlern.

»Ich will sterben, und man soll von mir sagen: Er
hat gelebt, also lebt er«, war sein Credo.

Micha war ein Buchkünstler. Er hat gelebt. Also lebt er.

Ein kurzer tröstlicher Gedanke.

Die bevorstehende Yves-Klein-Retrospektive in
Frankfurt kommt ihr in den Sinn. Ihrer Meinung nach
wirken die Ultramarinbilder einzeln am besten. In der
Schirn soll ein ganzer Raum mit blauen Werken entstehen. Sie fragt sich, ob das nicht erschlagend wirkt,
den Blick ins Unsichtbare verhindert.

Sie steht auf, wirft das Tuch wieder über das unfertige Bild, geht zur Werkbank am anderen Ende des
Raumes. Sie baut die Keilrahmen für ihre Leinwände
selbst. Kauft preiswerte Kiefernholzleisten, sägt sie
zu, verleimt die Kanten und lässt den Rahmen im
Rahmenspanner trocknen.

Für sie gibt es keinen besseren Ausgleich zum Malen

als diese simplen Tischlerarbeiten. Abgesehen von Waldspaziergängen und Sport. Sie fertigt auch Bilderrahmen direkt für Privatkunden oder Galerien. Die verkaufen sich gut. Die Arbeitsschritte sind die gleichen, nur dass sie Kirschholzleisten benutzt, die mit verdünnter Acrylfarbe im gewünschten Farbton lasiert werden. Nach dem Trocknen raut sie die Oberfläche mit Stahlwolle, um den gewünschten hochwertigen Effekt zu erzielen. In manchen Jahren verdient sie mehr mit Bilderrahmen als mit ihren scheinbar simplen Gemälden.

Bei einer Vernissage in einer Kölner Galerie überhörte sie den Kommentar einer Besucherin, die ihrer Begleitung zuraunte: »Das male ich dir in einer halben Stunde!« Am liebsten hätte sie ihr das Sektglas aus der Hand gerissen und sie rausgeworfen, aber dann eine klügere Art gefunden, ihren Ärger loszuwerden. Während ihrer Begrüßungsrede meinte sie beiläufig, dass es Leute gäbe, die glaubten, man könne solche Bilder mal eben so auf die Leinwand bringen. Die Dame kam später auf sie zu und gratulierte ihr überschwänglich zu der herrlichen Ausstellung.

Sie nimmt ein paar Hölzer in die Hand, legt sie wieder hin, betrachtet die Leinwandrollen. Sie malt auf Leinen, Baumwollsegeltuch oder Hanf, sie könnte ein Vermögen dafür ausgeben, wenn sie es denn hätte. Sie zieht ein etwa vierzig mal vierzig Zentimeter großes Stück Segeltuch, ein Reststück, aus dem Regal.

Orange. Nein, ocker. Genau. Ocker.

Sie sieht das fertige Bild vor sich. Nuancen von Ockertönen. Sie hat noch ein oder zwei Tuben

Ölfarbe dieser englischen Firma. Ohne nachzudenken misst sie die Rahmenhölzer, schneidet sie zu, verleimt alles, spannt den Rahmen in den Gurt.

Morgen kann ich das Segeltuch antackern und mit der Grundierung beginnen.

Wenig später sitzt sie mit einer Tasse Bergtee im Garten. Sie wirft einen kurzen Blick in die mitgebrachte Tageszeitung. Oskar Lafontaine droht Bundeskanzler Schröder mit der Gründung einer neuen Linkspartei, sollte dieser den Sozialabbau weiterbetreiben. Zehntausende hatten gegen die geplanten Hartz-IV-Gesetze demonstriert.

Sie lässt die Zeitung sinken, betrachtet die Kiefern in der jetzt tiefstehenden Sonne. Ihr Magen knurrt. Gleich wird sie sich Kartoffeln kochen und Spiegeleier dazu braten. Sie hat entschieden, heute Abend keinen Wein zu trinken. In letzter Zeit hat sie es mit dem Alkohol übertrieben.

Ich könnte draußen schlafen. Nach Sternschnuppen Ausschau halten. Mir etwas wünschen!

Sternschnuppen konnte man in der Eifel, wo es nachts noch richtig dunkel wurde, in jedem August bewundern. Lisa und sie schliefen im Hochsommer gerne mal im Garten. Die Sonnenliegen waren einigermaßen bequem. Eine Hängematte gab es auch. Wenn es gegen Morgen feucht wurde, rannte man schnell ins gemütliche Bett.

Ihr Kopf gibt keine Ruhe. Ständig kaut sie den Inhalt des nächtlichen Telefonats wieder. Und da ist die

Wut, dass Micha sich ihr nicht anvertraut hat.

Blödes Arschloch, wieso bist du nicht einfach mal vorbeigekommen? Wieso hast du nicht wenigstens angerufen? Alles haben wir uns früher erzählt. Alles. Hast du geglaubt, dass ich dich ablehne, weil du mit einer Frau ein Kind gemacht hast?

Und dann geht ihr auf, dass dieses Kind gewollt war. Ihr schwuler Bruder, für den Kondome seit seinem Coming-out lebensnotwendig waren, hatte mit Susanne Bach ungeschützten Sex gehabt.

3. Ihr Zug fährt in dreißig Minuten

Ihr Zug fährt in dreißig Minuten. Wider Erwarten geht es in ihrer Warteschlange flott voran. Heute hat sie nicht das Pech, sich ausgerechnet an dem Schalter angestellt zu haben, an dem ein Rentnerpaar sich ausführlich über sämtliche Verbindungen nach Bad Hersfeld informieren lässt und nach einer gefühlten halben Stunde mit einem Packen an Ausdrucken das Feld räumt. Als die Schalterangestellte den Fahrpreis nennt, zuckt sie zusammen.

Das kann ich mir gar nicht leisten.

Ihr ist flau im Magen. Schon am frühen Morgen fühlt sie sich zerschlagen. Letzte Nacht hat sie sich schwitzend von einer Seite auf die andere geworfen. Kaum, dass sie kurz weggenickt war, war sie schon wieder erschrocken hochgezuckt. Weder Atemübungen noch Rückwärtsrechnen konnten das endlose Geratter im Kopf stoppen. Alles war wieder da. Zum Beispiel Michas letzte Geburtstagsfeier, bei der Thomas zwar physisch anwesend war, aber ständig telefonierte. Micha hatte versucht , sich seinen Ärger nicht anmerken zu lassen, den Wein nur so in sich hineingekippt. Seit Jahren stand für Thomas die Politik an erster Stelle. Er wollte der erste grüne Justizminister in Hessen werden.

Ihr letztes Geschenk an Micha hatte aus zwei Pasta-tellern mit breitem Rand bestanden, zwei Päckchen Spaghetti aus traditioneller Fertigung und einer Dose San-Marzano-Tomaten. Ihr war nichts Besseres ein-gefallen. Micha liebte Spaghetti. Sie selbst hätte sich über das Geschenk gefreut, aber nach seinem Tod schämte sie sich über ihre Einfallslosigkeit. Spaghetti mit Soße – ging es noch unpersönlicher, noch bana-ler?

Beide Jungs verdienten gut und gaben gerne Geld für schöne Dinge aus. Da hatte sie nie mithalten kön-nen. Die Teller standen sicher unbenutzt in der ehe-mals gemeinsamen Wohnung in Sachsenhausen. Mi-cha war der Koch in diesem Haushalt gewesen, Thomas ging lieber essen oder bestellte eine Pizza.

Nach der Geburtstagsfeier hatte sie noch einmal mit Micha telefoniert. Sie erinnert sich gut an das Ge-spräch, weil er im Tonfall ihrer Mutter einen Schwall ihrer Lebensweisheiten wiedergab und sie beide aus dem Lachen nicht mehr rauskamen. Das hatte sie im-mer verbunden: das einvernehmliche Lästern über ihre ewig lamentierende Mutter. Die immer blasser werden-den Erinnerungen an ihren Vater. Und die Gewissheit, dass ihr Leben mit ihm glücklicher geworden wäre. Als Kinder schenkten sie sich bei Raufereien nichts, aber wenn es darauf ankam, waren sie eine Einheit. Gegen den Stiefvater, gegen die Mutter, die immer seiner Mei-nung war, ihm nach dem Mund redete.

Nie wird sie Michas verlorenen Blick vergessen, als sie mit knapp neunzehn Jahren auszog. Sie fühlte sich wie eine Verräterin, und er warf ihr lange vor, sie habe ihn im Stich gelassen.

Gut, dass unser letztes Telefonat so fröhlich war. Wir miteinander gelacht haben.

Sie erinnert sich an andere Telefongespräche. Micha erzählte langatmig von seiner Arbeit. Als sie auflegten, hatte er mit keiner Silbe nach ihr gefragt.

Sie steckt die Fahrkarte in die Vordertasche ihres Rucksacks und verlässt die proppenvolle Schalterhalle.

Niemand weiß, dass sie nach Leipzig fährt. Der Gedanke gefällt ihr, auch wenn sie nicht sagen könnte warum. Statt das Wochenende in der Eifel zu verbringen, fährt sie nun in den Osten. Eine Reise in eine unbekannte Stadt. Das ist ein Abenteuer nach ihrem Geschmack, wäre da nicht der Grund dieser Fahrt.

Auf dem Weg zum Zeitschriftenladen bleibt ihr Blick an appetitlich aussehenden Fischbrötchen hängen. Vorhin brachte sie nichts runter, selbst ihren ach so geliebten ersten Milchkaffee ließ sie stehen. Sie entscheidet sich für zwei Baguettebrötchen mit Bismarckhering, wundert sich über ihr Verlangen nach Saurem. Sie lässt sich die Brötchen einpacken, kauft noch ein kleines Mineralwasser.

An den beiden Kassen des Zeitungsladens stehen die Leute Schlange. Sie hatte keine Ahnung, dass es an einem Samstagmorgen hier so hektisch zugeht. Ihr ICE fährt in einer Viertelstunde. Der Kunde vor ihr lässt den Stapel Tageszeitungen fallen, den er bei der hektischen Suche nach seiner Scheckkarte in sämtlichen Hosen- und Jackentaschen unter den Arm geklemmt hatte und klaubt umständlich die auseinandergefallenen Packen wieder auf. Als sie an der Reihe ist, bezahlt sie einen dünnen Leipzig-Reiseführer samt Stadtplan und drängt sich durch die Menschentrauben vor den Zeitschriftenregalen in Richtung Ausgang. Als sie die Kölner Bahnhofshalle – grandios, trotz aller Anmutungen durch Billigbäcker und Ramschläden – durchquert, spürt sie, wie ihre innere Anspannung einem zarten Hochgefühl weicht.

Leipzig! Was weiß ich über Leipzig?

Zuallererst fällt ihr die Nikolaikirche ein. Sie hat die Verfilmung der Ereignisse um 1989 mit Barbara Auer gesehen.

Was noch?

Thomanerchor, Auerbachs Keller, Kurt Masur, Neo Rauch. Abgerissene Plattenbauten und – das kann sie nicht begreifen – fast zweihundert plattgemachte Gründerzeithäuser. Sie hat gelesen, dass es aktuell Pläne gibt, Leute umsonst in den schönen, noch vorhandenen Häusern wohnen zu lassen, um den Verfall der Bausubstanz durch Leerstand zu verhindern.

Verrückt. Hier in Köln würden sich die Leute die Hacken ablaufen, um eine Altbauwohnung zu ergattern. Und im Osten gibt es keine Mieter.

Micha mochte Leipzig vom ersten Moment an. Sie seufzt, versucht, Gedanken an Micha zu verscheuchen. Während der Tage und Nächte seit ihrem Abendessen mit Marlene und dem späten Anruf von

Susanne Bach hat sie kaum etwas anderes getan, als über ihren Bruder nachzugrübeln.

Corinna sitzt auf einem Fensterplatz in Fahrtrichtung. Der Platz neben ihr ist unbesetzt. Sie schaut auf verdreckte Gleise, betrachtet Graffiti auf Schallschutzwänden. Kleingartenanlagen ziehen vorbei, gefolgt von hässlichen Industriehallen. Verblühter Schmetterlingsflieder kümmert neben dem Gleisbett vor sich hin. Es erstaunt sie, wie viel Grünes in dem schmutziggrauen Schotter entlang der Schienen wächst. Brombeeren, Knöterich, Gräser.

Schotter als artenreiches Biotop.

Sie greift nach dem Reiseführer, blättert lustlos darin herum, legt ihn wieder beiseite. Ihr Magen knurrt. Hastig schlingt sie beide Fischbrötchen herunter. Um den pelzigen Geschmack der Zwiebelringe loszuwerden, kippt sie das Mineralwasser hinterher. Der ICE legt an Geschwindigkeit zu, sie schluckt, um den Druck auf den Ohren loszuwerden. Die Augen fallen ihr zu. Bilder von Stippvisiten in den Osten zu DDR-Zeiten gehen ihr durch den Kopf.

Ein Jahr nach der Trennung von Marlene war sie spontan nach Westberlin gezogen. Mit einer Studienkollegin, einer gebürtigen Berlinerin, die eine Geliebte in Ostberlin hatte, unternahm sie gelegentlich Ausflüge nach drüben. Das war kurz vor dem Mauerfall, die Montagsdemos fanden bereits statt. Bei den Grenzkontrollen am Bahnhof Friedrichstraße machte sie sich jedes Mal vor Angst fast in die Hose. Wenn der Grenzer das Bild in ihrem Ausweis anschaute, sie scharf musterte, die Prozedur noch zweimal wiederholte, schien sie selbst nicht mehr zu wissen, ob sie diese Person auf dem Passbild tatsächlich war.

Völlig entsetzt war sie über die rußige, beißende Luft, als sie in der Leipziger Straße unterwegs waren, um dort in einem gehobenen Restaurant essen zu gehen. Braunkohlebriketts wurden auch in Westberlin verheizt, aber im Osten stand gelber Rauch in den Straßen. Die heruntergekommenen Häuser mit den jahrzehntealten Einschusslöchern drückten ihr auf die Stimmung. Als wäre der Zweite Weltkrieg gerade erst zu Ende gegangen.

Als sie das Restaurant betraten, taten die zahlreichen Kellner und Kellnerinnen in dem so gut wie leeren Lokal beschäftigt, schauten nicht auf, während sie zu dritt wartend im Eingang standen. Das Personal deckte seelenruhig Tische ein, faltete Servietten. Als Corinna auf einen Vierertisch in der Mitte des Raumes zusteuerte, kam Leben auf. Ein schnöseliger Kellner stürzte auf sie zu und bellte: »Sie werden platziert!« Corinna war schockiert. Der demütigende Anranzer des kleinen Arschlochs verdarb ihr für den Rest des Abends die Laune.

Im Sommer verbrachten sie ein paar Tage auf Usedom – ein Freund der Geliebten ihrer Studienkollegin leitete ein Ferienheim für »Verdiente Arbeiter«. Bei ihm im Garten tranken sie unterschlagenen Schnaps. Auch die auf dem Grill brutzelnden Steaks und Würstchen waren Staatseigentum, Spezialitäten, die für die erholungsbedürftigen Feriengäste gedacht waren. Der Gastgeber schien keinerlei Probleme damit zu haben, dass er der sozialistischen Gesellschaft schadete. Er tauschte beiseite geschafften Wein und Schnaps gegen Baumaterial für seine Datsche.

Der irre Alkoholkonsum der DDRler fiel ihr sofort auf. Schon am Mittag wurde Doppelkorn gekippt. Sie war enttäuscht von dem, was sie sah. Reagierte richtiggehend empört. Nichts entsprach ihrer Vorstellung von einer existierenden sozialistischen Gemeinschaft.

Die Geliebte der Studienkollegin, Irene, eine geschiedene Schauspielerin, besaß ein Haus in Köpenick. Direkt nach der Wende bot ihr ein Schnäppchenjäger hunderttausend DM für die Villa an, und sie überlegte, ob sie dieses »tolle« Angebot annehmen sollte.

Damals taten ihr die Ostler in ihrer Naivität richtig leid. Sie wurden überrollt von Versicherungsvertretern, Drückerkolonnen und Immobilienhaien. Der Kaltschnäuzigkeit der westlichen Geschäftemacher waren sie nicht gewachsen. Aber es hatte sie auch geärgert, dass die Mehrheit so schnell wie möglich die D-Mark haben wollte und diesen Pfälzer Provinzler zum Kanzler wählte.

Corinna erinnert sich an die erste Grüne Woche nach der Wende. Als studentische Hilfskraft hatte sie Käse gewürfelt, Zahnstocher hineingepikst und sie den vorbeiziehenden Scharen angeboten. DDR-Bürger hatten freien Eintritt, liefen mit schrecklichen Jeansklamotten, Vokuhilas und grauen Gesichtern an den pervers üppigen Fressständen vorbei. Sie hatte sich geschämt, als sie sah, wie diesen geduckten Menschen die Augen übergingen.

Corinna steht vor dem Leipziger Hauptbahnhof und schaut sich um. Schilder weisen den Weg zu den Sehenswürdigkeiten. Sie geht in Richtung Nikolaikirche. Die Stadt ist lebendig, jung, pulsierend. Das fällt ihr sofort auf: Leipzig ist kein Museum. Viele Touristen sind unterwegs, es wird an jeder Ecke gebaut, aber das stört sie nicht. Die Luft ist frisch, in Köln war es noch milder. Es riecht nach Herbst. Sie zieht den dunkelblauen Trench, ein Fehlkauf und Geschenk ihrer Mutter, über. Sie lässt sich treiben. Die Sandsteinfassaden der Häuser sind beeindruckend. Der Anblick der Nikolaikirche rührt ihr Herz.

Drinnen schiebt sie sich in eine der Bankreihen. Das Innere der Kirche ist hell, freundlich, eine angenehme Überraschung. Sie muss lächeln beim Anblick der pastellgrünen und rosafarbenen Säulen.

Das wirkt so heiter.

Es herrscht ein ständiges Kommen und Gehen. Aber auch andere Menschen verweilen in den Kirchenbänken, lassen die fröhliche Pracht auf sich wirken.

Hat Micha hier gesessen?

Sie weiß es nicht.

Als sie genügend gestaunt hat, verlässt sie die Kirche und schlendert weiter. Eine breite Verkehrsstraße markiert offensichtlich das Ende der Altstadt. In ihrem Rücken befindet sich die Thomanerkirche, in die es sie nicht zieht. Sie überquert den Innenstadtring. An der gegenüberliegenden Ecke ziert ein altmodischer Schriftzug die Fassade. Hotel Kosmos. Es wirkt einladend.

Vielleicht sollte ich hier übernachten? Falls es finanziell passt.

Sie fragt sich, wieso sie Susanne Bach nicht längst angerufen hat, findet keine überzeugende Antwort. Sie spürt nur einen massiven Widerstand, sich vorher anzukündigen.

Habe ich Angst, dass sie mich nicht sehen will?

Sie selbst mag es nicht, wenn jemand unangemeldet vor der Tür steht. Und trotzdem will sie diese Frau überrumpeln?

Als sie Kind war, klingelte es oft an der Haustür. Eine Nachbarin kam auf ein Schwätzchen, eine Freundin der Mutter erschien nach dem Stadtbummel mit einem Papptablett Kuchen vom Konditor. Sie liebte es, wenn unerwartet Besuch erschien.

Dass wir so sozialphobisch geworden sind!

Ein kurzer Schreck durchfährt sie.

Vielleicht ist sie gar nicht zu Hause!

Sie folgt der Gottschedstraße, fühlt sich an Berliner Zeiten erinnert. An die Cafés in der Goltzstraße in Schöneberg, wo sie samstags, nach dem Einkauf auf dem Winterfeldtmarkt, mit Freundinnen ein Fläschchen Cava leerte. Lässig gekleidete junge Leute kommen ihr entgegen, auf den ersten Blick fröhlich und unbekümmert.

Sie biegt mal nach rechts ab, mal nach links. Als sie in einer reinen Wohngegend landet, kehrt sie um, bis wieder Kneipen und kleine Geschäfte das Bild bestimmen. Sie überquert die Fahrbahn einer belebten Szenestraße und schaut durch große Fensterscheiben in ein Café. Seit den Heringsbrötchen hat sie nichts gegessen. Sie schaut auf ihre Armbanduhr. Fast zwei Uhr. Zeit für einen Espresso und eine Kleinigkeit. Sie ist gerade einmal eineinhalb Stunden durch Leipzig spaziert, aber es kommt ihr vor, als würde sie hier leben.

Sie betritt das Café. Die Einrichtung ist geschmackvoll, einladend. Noch während sie auf einen der dunklen Holztische zugeht, erkennt sie die Musik. Satie. Ihr Herz flattert. Sie muss sofort raus. Am Eingang stößt sie mit einem schlaksigen jungen Mann zusammen. Mit einem unaufgeregten »Hoppla« verschwindet er im Café. Ihr Rucksack ist ihr von der Schulter gerutscht. Sie greift nach dem Riemen und stürzt davon. Satie. Diese unglaubliche Musik, bei der sie genau herauszuhören scheint, wie viel Spaß Satie das Komponieren gemacht haben muss. Seit Michas Beerdigung kann sie Satie nicht mehr hören.

Als ihr Herzschlag sich normalisiert hat, steht sie erneut vor dem Hotel Kosmos.

Wieso bin ich so überstürzt und unangemeldet nach Leipzig gefahren?

Es war ihr nicht gelungen, das unfertige Bild zu Ende zu malen. Außer dem kleinen Keilrahmen hat sie nichts zustande gebracht. Ihre Gedanken kreisten ununterbrochen um Michas Kind samt Mutter.

Als sie während der Zugfahrt vor sich hin döste, stellte sie sich kurz, ganz kurz nur, vor, Susanne Bach stieße etwas zu. Sie, als einzige Verwandte, würde Michas Kind zu sich nehmen.

Sie setzt sich auf eine Fensterbank, kramt den Stadtplan aus ihrem Rucksack. Susanne Bach wohnt in der Südvorstadt, in der Kantstraße. Corinna beschließt, bis zur Karl-Liebknecht-Straße zu gehen und dort irgendwo einzukehren. Straßenbahnen donnern an ihr vorbei, Bäume mit hellgrünen Blattdächern säumen die Straße. Es könnten Linden sein, überlegt sie. Ihr ist frisch, trotz des Mantels. Durch eine große Fensterscheibe guckt sie in ein heimelig wirkendes Lokal. Hotel Seeblick steht in Goldfarbe in Schreibschrift auf dem Glas. Sie entdeckt großformartige Bilder an den Wänden, Gäste mit großen Kaffeebechern und Kuchentellern vor sich.

Vermutlich kein Hotel, auf jeden Fall ein Café. Egal.

Sie geht hinein. Leiser Bossa Nova. Roter Teppichboden, rot gepolsterte Stühle, wie in einem Wohnzimmer. Corinna steuert auf einen freien Fenstertisch zu, stellt ihren Rucksack auf den Stuhl neben sich, seufzt, fühlt sich aufgehoben. Man kann bis vier Uhr frühstücken. Sie lächelt.

Typisch Studentenstadt!

Sie bestellt das Frühstück »Vista del Mar« mit gegrillter Chorizo und Melone, ein Mineralwasser und einen Espresso.

Als das üppige Frühstück vor ihr steht, stellt sie sich vor, sie wäre Stammkundin, bestreicht das

Baguettebrötchen mit Butter und beißt mit Heißhunger hinein. Die Melone schmeckt köstlich, hat genau die richtige Reife.

Draußen fährt eine Straßenbahn der Linie zehn vorbei. Ein Pärchen mit gigantischen Rucksäcken kommt herein und fragt nach einem preiswerten Zimmer. Der Inhaber schüttelt freundlich den Kopf. Es gibt keine Zimmer, das Café heißt nur so, erklärt er — offensichtlich nicht zum ersten Mal. Die beiden bleiben trotzdem, bestellen noch im Stehen Milchkaffee und Kuchen. Sie stöhnen erleichtert, als sie die schweren Rucksäcke auf den Boden gleiten lassen. Corinna wünscht sich, die Zeit bliebe stehen und sie für immer hier sitzen.

Sie holt den Reiseführer hervor, bleibt an den Seiten mit der Leipziger Kulinarik hängen. Bei den Spezialitäten werden die Leipziger Lerchen erwähnt, ein Gebäck, das wie eine kleine Pastete aussieht und daran erinnert, dass man früher die netten Singvögel, in Pastetenteig verpackt, verspeiste. Lerchen galten als Delikatesse, Leipzig war Hauptfanggebiet. 1876 wurde das Fangen von Singvögeln verboten. Da waren sie schon fast ausgestorben. Bei dem Gebäck heutzutage handelt es sich um ein Makronentörtchen mit gekreuzten Mürbeteigstreifen als Garnitur, die an die gebundenen Flügel der Lerchen erinnern sollen.

Prima Rätselfrage: der frühe Vogel — ein sächsisches Gebäck.

Und sofort kommt ihr noch eine zweite Idee: Vier Adlige entstammen einem Knabenchor. Eine Zeitlang mochte sie die Musik der Prinzen. »Alles nur geklaut«.

Könnte ihr Mottolied sein. Sie verzieht das Gesicht und holt ihr Notizbuch aus der Tasche. Sie muss ihre Einfälle sofort notieren, bevor sie sie wieder vergisst. Das ist ihr schon häufig passiert. Wie bei einem Traum. Gerade sind die Bilder noch völlig präsent, zwei Stunden später kann sie sich an absolut nichts mehr erinnern.

Fällt mir noch was ein, wo ich schon dabei bin?

Sie muss an das Lied von City denken. »Am Fenster«. Dazu haben sie in den Achtzigern auf jeder Schulparty getanzt. Maxiversion. Sie sieht das rotgelbe Cover vor sich. Marlene hatte sich die Platte sofort besorgt.

Ich sitze an einem Fenster, befinde mich im Osten und muss an diesen Musiktitel denken. Schon komisch, wie das Gehirn funktioniert. Hat was von Schubladenaufziehen.

Sie packt ihr Notizbuch weg. Ihr fällt nichts Rätseltaugliches mehr ein. Zur Kantstraße ist es nicht weit. Sollte sie nicht doch besser anrufen? Sie schiebt das letzte Stück Melone in den Mund. Ihre Hand zittert leicht. Was, wenn ihr diese Susanne Bach unsympathisch ist? Ihre Stimme hat warmherzig geklungen, da täuscht sie sich nicht. Deswegen ist sie doch gekommen: Sie will die Frau kennenlernen, wegen der Micha sein vertrautes Leben mit Thomas aufgeben wollte.

Das geht mir nach wie vor nicht in den Kopf.

Sie betrachtet die anderen Gäste, nippt an ihrem Kaffee. Überlegt, ob Michas Tod für sie oder für diese Frau schmerzhafter ist. Sie war seine Schwester, kannte ihn ihr Leben lang. Hat Zungenküsse mit ihm geübt, dramatische Tänze zu kitschigen Operetten-Schallplatten der Eltern einstudiert, heimlich Krimis im Fernsehen angeguckt, wenn ihre Mutter im Theater war. Im Schlafanzug saßen sie dicht vor dem Gerät — mit einem Ohr auf die Autogeräusche im Hof achtend. Er war ein Teil von ihr. Diese Susanne kannte ihn zwar einige Jahre, aber doch in erster Linie beruflich.

Sie hat ihn genauso abrupt verloren. Wollte mit ihm zusammenleben. Wieso ist er mit ihr im Bett gelandet?

Eine gefährlich rote Wut schwappt durch ihre Brust, als sie sich Micha beim Sex mit dieser Frau vorstellt. Sie fühlt sich hintergangen. Und doch: Da gibt es den kleinen Jan Michael. Es tröstet sie, dass das Leben plötzlich einen Neffen für sie aus dem Hut gezaubert hat. Eine Schwägerin inklusive.

Die Sonne kommt für einen Moment zum Vorschein. Frauen mit kleinen Kindern schlendern an der Fensterfront vorbei. Einige Knirpse schauen herein, patschen mit den Händen auf die Scheibe.

Corinna ist sich sicher, dass sie Susanne und ihren Neffen auf den ersten Blick erkennen würde.

Sie möchte los. Sie winkt der Bedienung und verlangt die Rechnung.

Direkt nach Michas Tod hat sie sein Leben nur vom Ende her betrachtet. Sie schaute sich Fotos an, suchte auf ihnen die Schatten des kommenden Unheils. Ihr ist klar geworden, dass solche Gedanken nichts bringen. Er hat gelebt, geliebt, gelacht, geweint. Diese Erkenntnis hilft ihr an schlechten Tagen.

Ich will für dieses Kind da sein, schießt es ihr durch den Kopf. Ziemlich durcheinander greift sie nach Handtasche und Rucksack, stolpert auf dem Weg nach draußen über eine kleine Stufe, kann sich gerade noch abfangen.

Sie betrachtet den schönen Altbau aus der Gründerzeit eine Zeitlang von der anderen Straßenseite aus. Die restaurierte Fassade wirkt elegant.

Wenn die Klingeln richtig angeordnet sind, dann wohnt Susanne Bach im ersten Stock rechts. Ein älterer Herr mit Bart und Baskenmütze kommt aus dem Haus, nickt ihr zu, hält ihr freundlich lächelnd die Haustür auf. Der Hausflur ist gepflegt, es riecht nach Bohnerwachs. Aufpolierte Holzbriefkästen mit einheitlichen Metallschildchen fallen ihr sofort ins Auge.

Langsam geht sie die Treppe mit dem roten Spannteppich nach oben und bleibt vor der Wohnungstür stehen. Auf dem Klingelschild aus Messing steht einfach nur »Bach«. Sie stellt ihren Rucksack neben die Kokosmatte und versucht, mit einem langen Ausatmen ihren Puls unter Kontrolle zu bringen. Ihr Körper fühlt sich an, als wäre er komplett aus Wackelpudding.

So, jetzt nicht schlappmachen. Auf was warte ich noch? Ich bin hier, um Klarheit zu gewinnen.

Sie drückt auf den Klingelknopf. Ein sanftes Dingdong ertönt.

»Einen Moment, ich komme schon!«

Die Stimme weckt augenblicklich die Erinnerung an das nächtliche Telefonat. Rasche Schritte, Dielenknarren, die Tür wird aufgerissen.

Eine mittelgroße, dunkelhaarige Frau, die Haare zu einem wilden Knoten zusammengebunden, steht vor ihr. Auf ihrer Hüfte sitzt ein Kind mit verwuschelten blonden Locken, den Augen von Micha und einem schokoladenverschmierten Mund.

»Oh, ich dachte, es wäre eine Nachbarin.«

Dann wird es still. Corinna atmet heftig. Die Ähnlichkeit ist kaum zu ertragen. Susanne Bach starrt sie mit nicht sonderlich erfreuter Miene an. Schließlich sagt sie leise: »Sie hätten anrufen können!« Und dann liebevoll: »Janni, das ist deine Tante Corinna!« »Ante Inna«, wiederholt der Kleine.

Corinna schießen Tränen in die Augen, sie lehnt sich an den Türrahmen, sieht nur dieses herzallerliebste Kerlchen. Und da sind Bilder von früher. Sie und Micha beim Kuchenbacken in Omas Riesenküche – beide völlig verschmiert vom Naschen. Sie möchte dem Kleinen die Locken aus den Augen streichen, aber sie hält sich zurück.

»Wir backen gerade einen Schokokuchen. Komm rein. Setz dich erst mal zu uns in die Küche. Lass den Rucksack hier im Flur stehen. Willst du was trinken?«

Jetzt duzt sie mich. Und hat mich reingelassen.

Corinna schüttelt den Kopf. Sie schluckt, versucht sich zu fangen, folgt den beiden in die Wohnküche und lässt sich in einen Korbstuhl fallen.

»Wir reden, wenn Janni im Bett ist!«

»Janni nich müde!«, empört sich der Kleine und wischt mit seinen Händen über den mehlgepuderten Küchentisch.

Als Corinna Jannis Beschwerde hört, fällt ihr ein, dass Micha auch sehr früh gesprochen hat. »Der Micha hat schon sehr früh ordentlich und verständlich gesprochen, die meisten Jungen lernen ja eher spät sprechen!«, musste sie sich ungezählte Male von ihrer Mutter anhören.

Susanne Bach zeigt auf die Uhr.

»Guck mal, wenn der kleine Zeiger auf der Acht steht und der große auf der Zwölf, dann ist Schlafenszeit. Das dauert noch ganz lange. Vorher probieren wir den Kuchen und gehen auf den Spielplatz. Vielleicht holen wir eine Pizza zum Abendessen. Mal sehen.«

Corinna kämpft weiter mit den Tränen, sie wäre am liebsten unsichtbar.

Was jetzt? Das ist Janni, mein Neffe und nicht Micha! Und diese Frau ist eine Fremde. Was sollen wir reden?

Sie schaut sich in der Küche um. Durch eine hübsche Flügeltür kann man auf einen Balkon hinausschauen. Korbstühle mit orangefarbenen großen Cordkissen stehen einladend um den Küchentisch herum. Die Wände sind sonnengelb gestrichen, buntes Gekrickel von Janni hängt überall, ein Poster mit einer Riesenespressokanne über dem Gasherd. Sie lehnt sich an das dicke Kissen, spürt, wie die Anspannung in den Schultern etwas nachlässt.

»Deine Küche ist sehr gemütlich und geschmackvoll eingerichtet.«

Sie ist froh, dass sie einen normal klingenden Satz herausgebracht hat.

Der Kuchenteig ist in der Backform gelandet und wandert in den Ofen. Susanne stellt einen quietschgelben Küchenwecker, nimmt den Kleinen auf den Arm und sagt: »Ich zeig dir die Wohnung, wenn du magst.«

Corinna nickt, steht auf. Am liebsten würde sie sich auf das kleine Sofa da drüben fallen lassen und schlafen. Als sie neben Susanne und Janni steht, berührt sie sanft seine Haare und seufzt. Sie tauscht einen kurzen Blick mit Susanne, sieht den Schmerz in ihren Augen gespiegelt. Schnell wendet sie sich ab und schaut in den Flur.

»Tolles Parkett. Ist das Eiche?«

»Ja, es ist noch das original Fischgrätparkett. Ich habe es vor Jahren abschleifen und ölen lassen.«

»Sieht super aus.«

Jan Michael windet sich auf dem Arm seiner Mutter, er will runter. Susanne lässt ihn. Er läuft zu einer der Türen, bleibt abrupt davor stehen und ruft: »Mama – Zimmer! Arbeite!«

Susanne lächelt zum ersten Mal.

Sie ist schön.

»Dahinter verbirgt sich mein Arbeitszimmer. Er weiß, dass er da alleine nicht reindarf. Das macht es besonders interessant.«

Sie öffnet die Tür.

»Es ist eher eine Werkstatt, wie du siehst. Jan Michael, du setzt dich bitte an deinen Arbeitstisch und fasst nichts an.« Susannes Stimme klingt freundlich, aber bestimmt.

In einer Ecke steht eine alte Schulbank mit einem Kinderstuhl davor. Der Junge klettert auf den Stuhl und ist auf eine beinah ehrfürchtige Weise still.

»Er darf mir manchmal zuschauen, wenn ich arbeite. Aber hier hinein darf niemals ein Keksmonster. Streng verboten. Janni passt ganz genau auf.«

Janni nickt zufrieden.

Wieder hat Corinna Bilder aus ihrer Kindheit im Kopf. Micha war untröstlich, als seine Schwester in die Schule durfte und er noch zwei Jahre warten musste. Also hockten nachmittags die Puppen und Bären vor einer Schiefertafel auf dem Boden und lernten, gemeinsam mit Micha, die ersten Worte zu schreiben.

»Ich restauriere nebenher freiberuflich das ein oder andere Buch. Auch schon mal ein geliebtes Kinderbuch, wenn Saft reingelaufen ist oder Honig. Manchmal kommen Antiquare mit historischen Schwarten, und ich versuche zu retten, was zu retten ist. Alle Bücher, die vor 1840 auf Büttenpapier gedruckt wurden, sind Einzelstücke, wertvoll, die möchte niemand vergammeln lassen. Das ist eine Klotzpresse, das ist der Lichttisch.« Sie zeigt auf ein hölzernes Ungetüm, dann auf einen Glaskasten. »Da kann ich Fragmente ordnen. Zum Beispiel mittelalterliche Urkunden für historische Archive.«

Auf dem Arbeitstisch mit der Presse liegen unzählige kleine Werkzeuge. »Was ist am schwierigsten zu restaurieren?«, fragt Corinna. Ihre Stimme klingt rau. Sie räuspert sich.

Sei einfach normal. Das ist deine Schwägerin, und da sitzt dein kleiner Neffe, der nun mal aussieht wie dein Bruder.

»Schäden durch Schimmel. Da muss ich mit Maske, Brille und Handschuhen arbeiten. Jede Seite muss abgepinselt werden. Die Schimmelsporen müssen verkapselt sein, sonst bringt das nichts. Du verstehst, warum hier keine Kekskrümel rumliegen dürfen?«

Corinna nickt.

Das ist das, was Micha auch gemacht hat. Ich habe mich nie wirklich dafür interessiert.

»Es ist sicher schön, hier zu arbeiten, oder? Und überhaupt: Etwas zu rekonstruieren, damit es erhalten bleibt!«

»Ja, es ist ein großes Glücksgefühl, wenn ich etwas scheinbar völlig Zerstörtes wieder hinbekomme. So, und jetzt schauen wir mal nach dem Kuchen im Backofen!«

Die nächsten beiden Stunden verfliegen. Janni zeigt Corinna sein Zimmer, schleppt immer neue Kuscheltiere an, während die beiden Frauen in der Küche eine Tasse Kaffee nach der anderen trinken.

Ich werde heute Nacht garantiert nicht schlafen!

Sie spielen zu dritt am Küchentisch ein Märchen-Memory. Corinna kann sich kaum konzentrieren.

Schon dreimal das Rotkäppchen!

Ständig dreht sie die gleichen Karten um, ohne ein Motiv und seine Lage zu behalten. Aber es ist völlig egal. Janni ist noch zu klein für dieses Spiel. Er freut sich an den Märchenmotiven und dreht begeistert solange die Karten um, bis er das Paar zusammen hat. Susanne lässt ihn machen, drängt nur ab und zu darauf, dass sie auch mal dran sind.

Anschließend gehen sie zum Spielplatz um die Ecke. Jetzt, wo der Kleine herumtobt, verbringen sie die Zeit damit, sich verlegen anzulächeln und stumm dem Jungen beim Rutschen zuzuschauen.

Janni ist unser Katalysator. Ohne ihn ist es still zwischen uns. Aber das Schweigen ist nicht unangenehm.

Sie betrachtet Susanne aus dem Augenwinkel.

Sie ist … ja was? Habe ich das Wort jemals gedacht oder ausgesprochen? Sie ist anziehend.

Langsam wird es kühl. Sie schlendern zurück in die Wohnung, nehmen den Jungen zwischen sich an die Hand.

»Lass uns lieber Kartoffelsuppe kochen, Janni. Heute keine Pizza mehr. Aber erst musst du in die Badewanne, du kleines Dreckmonster!«

»Nein. Nich Toffelsuppe.«

Der Kleine wirkt müde, reibt sich ständig die Augen.

»Ich könnte für euch kochen. Spaghetti mit Tomatensoße sind meine Spezialität. Falls Nudeln und Dosentomaten da sind. Mag das jemand von euch?«

Sie neigt ihren Kopf zur Seite, schaut Susanne und Janni fragend an. Janni nickt begeistert, Susanne scheint nicht abgeneigt zu sein.

»Da müsste ich nicht kochen!«

Corinna spürt kurz eine federleichte Vertrautheit, aber sie möchte sich nicht aufdrängen.

»Oder sollte ich mich lieber auf den Weg machen?« setzt sie nach kurzer Pause nach.

»Ante Inna hier bleibe!« fordert Jan Michael entschieden.

Corinna möchte den Kleinen am liebsten umarmen und nicht mehr loslassen. Sie schaut Susanne verlegen lächelnd in die Augen.

»Was hast du denn geplant?«

Corinna zuckt mit den Achseln.

Wollten wir nicht reden, wenn der Kleine im Bett ist?

Susannes schräggelegter Kopf und ihr entspanntes Lächeln signalisieren: »Bleib da!«

»Ich habe keine Pläne. Weiter als in den Zug zu steigen und hierher zu fahren, bin ich gedanklich nicht gekommen. Ich habe mir auch noch kein Hotelzimmer gesucht.«

»Nicht nötig. Du kannst im Gästezimmer übernachten. Das ist kein Problem.«

Nach einer kurzen Einweisung Corinnas in die Gegebenheiten der Küche verschwindet Susanne mit Janni ins Bad. Aufgekratztes Gelächter und Planschgeräusche begleiten Corinnas Küchenaktivitäten. Sie lächelt in sich hinein, schneidet eine Zwiebel für die Tomatensoße in winzige Würfel.

Wann war ich das letzte Mal so einverstanden mit allem? Alles ist fremd und doch bin ich – glücklich? Glücklich.

Als Janni im Schlafanzug in die Küche gerannt kommt und seine Ärmchen um Corinnas Beine schlingt, weiß sie kaum, wohin mit sich. Sie wuschelt ihm durch die Locken und sagt betont munter: »Gleich sind die Nudeln fertig. Weißt du, wo die Teller stehen?« Er nickt, wuselt zum Küchenschrank und zeigt nach oben.

Kurz hat sie Angst, dass die Pastateller, die sie Micha geschenkt hat, hinter der Schranktür auftauchen. Sie holt drei tiefe Teller heraus und deckt den Tisch.

»Das hat toll geschmeckt. Manchmal sind die einfachsten Gerichte die Besten. Wenn sie gut gekocht sind! Jan, sagst du Dankeschön zu Tante Corinna?«

Jan Michael leckt sich die Finger, ist dabei völlig auf die Küchenuhr konzentriert.

»Ist schon gut. Man sieht, dass es ihm geschmeckt hat.«

»Stimmt. Janni, komm ins Bad! Händewaschen! Und das Gesicht. Ja, es ist Sandmännchenzeit.«

»Janni will Pittiplatsch.«

»Das kann ich dir nicht versprechen, dass Pittiplatsch heute dabei ist.«

Susanne schiebt den Kleinen Richtung Bad, dreht sich dann noch mal zu Corinna um. »Magst du mitschauen?«

»Ich liebe das Ost-Sandmännchen. Ich habe es oft geguckt, als ich eine Zeit lang in Berlin gelebt habe. In Westberlin, meine ich.«

»Ja, unser Sandmännchen ist was Besonderes. Und der Bart hat wirklich nichts mit Ulbricht zu tun. Eher mit E. T. A. Hoffmann. Und es hatte auch immer Reisefreiheit. Konnte in aller Welt landen.«

Corinna räumt Teller und Besteck in die Spülmaschine und geht ins Wohnzimmer. Sie lässt sich in einen Sessel fallen, plötzlich wieder völlig erschöpft. Jetzt gerade wäre sie gerne noch mal ein kleines Kind. Eines, das rundum geliebt und umsorgt wird.

Auf einer Kommode, das erkennt sie sofort auch aus der Entfernung, steht ein gerahmtes Foto ihres Bruders. Neben einigen anderen Bildern von Jan Michael.

Ist das ein Foto von Susanne und Micha?

Sie steht auf. Mit drei schnellen Schritten steht sie vor der Kommode. Micha im weißen Polohemd, leicht gebräunt, die Haare wie immer zu lang für ihren Geschmack, schaut ihr mit offenem Blick direkt in die Augen.

Könnte vor drei, vier Jahren gemacht sein.

Auf dem Foto lächeln sich Micha und Susanne irgendwie mit ironisch verzogenem Mund an.

Als wüssten sie nicht so recht.

Corinna hört Getrappel auf dem Flur, geht schnell zu ihrem Sessel zurück.

»Pittiplatsch tommt.«

Jan Michael rennt ins Wohnzimmer und wirft sich auf Corinna. Er versucht, auf ihren Schoß zu klettern. Sie hilft ein wenig nach.

»Sandmann, lieber Sandmann …«

Sie legt die Arme um den süßen Knirps und fängt fast an zu heulen. Eine feuchte Locke klebt an seiner Stirn, sein rosiges Gesicht strahlt.

Beim letzten Mal, als ich ein Kleinkind im Arm hielt, war ich selbst ein kleines Mädchen, das seinen Bruder knuddelte. Ich darf jetzt nicht in Tränen ausbrechen. Wie soll ich dem Kleinen erklären, weshalb ich beim Sandmännchen weinen muss.

Susanne kommt ins Wohnzimmer. Sie streift sanft mit der Hand Corinnas Schulter, bevor sie sich in den anderen Sessel sinken lässt.

Janni lacht sich über den Maulwurf und Herrn Fuchs kaputt und klatscht begeistert in die Hände, als Pittiplatsch am Ende doch noch auftaucht.

Als der letzte Ton verklungen ist, schaltet Susanne den Fernseher aus.

»Kennst du das Lied des anderen Sandmännchens?«, fragt Corinna, den Jungen immer noch sanft umschlungen haltend. Er schüttelt den Kopf.

»Weißt du, das Sandmännchen mit dem anderen Bart. Das wie ein Seemann aussieht. Manchmal gucken wir das auch«, meint Susanne. »Aber jetzt wird es Zeit, ins Bett zu gehen. Komm!« Sie streckt Jan Michael die Arme entgegen, aber er will nicht, drückt sich an Corinna.

Sie flüstert ihm ins Ohr: »Soll ich dir das Lied vom Sandmännchen mit dem Seemannsbart vorsingen und dann gehst du sofort mit deiner Mama mit?«

Heftiges Kopfnicken.

»Darf ich? Dauert nicht lange …«

Sie schaut zu Susanne hin. Sie lächelt, nickt.

»Kommt ein Wölkchen ahan-ge-he-flogen ...«

Sie sitzen einander gegenüber. Beide, die Beine angezogen, in einen Sessel gekuschelt. Beide ein Glas Weißwein in der Hand.

»Jan Michael ist sofort eingeschlafen. Das war ein aufregender Tag für ihn.«

»Nicht nur für ihn.«

Corinna nippt hastig an ihrem Wein, schaut Susanne nicht an.

»Und jetzt?«

Susanne lehnt ihren Kopf an die Sessellehne, seufzt.

Sie sieht abgekämpft aus. So, wie ich mir eine Mutter nach einem langen Tag ohne eine Minute Zeit für sich selbst vorstelle.

»Ja, und jetzt?«

Corinna hebt den Blick, schaut Susanne direkt in die Augen, spürt eine heiße Beklemmung unter dem Brustbein.

Und dann wählen sie einen sehr kurzen Weg, um alle Distanz, Fremdheit, Verlegenheit aus dem Weg zu boxen. Sie rutschen an den Rand ihrer Sessel, beugen sich weit nach vorne, über den kleinen Couchtisch hinweg, beginnen sich zu küssen. Keine könnte hinterher sagen, wer angefangen hat.

Sie stehen wie verabredet auf, landen auf dem bunten Flickenteppich, berühren sich wie selbstverständlich. Erst zärtlich, dann hastiger, sie streifen sich ein Kleidungsstück nach dem anderen vom Körper.

Als Susanne Corinna den BH auszieht, hat diese

das Gefühl, dass sie das nicht zum ersten Mal macht. Ungebetene Bilder von Micha und Susanne schiebt sie im Kopf sofort beiseite.

Das Leben ist hier, nur hier.

Es gibt kein Zurück, da ist sie absolut sicher.

»Wir könnten das bequemer fortsetzen!«, raunt Susanne Corinna ins Ohr. Sie zieht Corinna vom Boden hoch und schubst sie Richtung Schlafzimmer.

»Das war nicht dein erstes Mal mit einer Frau, oder?«

Corinna streicht Susanne eine Haarsträhne aus dem Gesicht. Sie liegen unter der überbreiten Decke, Corinna an das Kopfteil des Bettes gelehnt, Susanne in ihrer Armbeuge etwas tiefer. Sie verzieht den Mund zu einem gespielt verschämten Lächeln.

»Stimmt. Ich habe als Jugendliche schon Erfahrungen mit Mädels gesammelt und später auch immer mal wieder. Ich habe es nicht so mit Schubladen. Definitionskäfige sind das, wenn du mich fragst!«

Und dann: »Und du und Micha?«

Das musste jetzt einfach raus.

Susanne seufzt, scheint genau über ihre nächsten Worte nachzudenken. Draußen ist es dunkel geworden. Die Tütenlampenschirme einer altmodischen Stehlampe werfen geometrische Muster an die Wand. Corinna zieht die Decke ein wenig höher.

»Das war so eine zärtliche Sache zwischen uns. Stell dir bitte keinen wilden Sex vor. Es war die körperliche Fortsetzung unserer Gespräche, unserer Freundschaft, etwas Ruhiges, Inniges. Wie ein warmer Schokoladenpudding zum Nachtisch. Weit weg von der Schwulenszene in Frankfurt. Micha wurde hier ruhiger, musste auf keine Partys, nicht den Entertainer geben. Thomas' Rumvögelei kotzte ihn mehr und mehr an.«

Corinna zuckt zusammen.

»Du weißt ja gut Bescheid.«

Susanne streicht ihr sanft über das Gesicht.

»Du hast sicher das Foto im Wohnzimmer gesehen. Da sieht er so entspannt aus. Er hat sich in Leipzig mit mir wohl gefühlt.«

Corinna denkt an andere Fotos. Urlaubsfotos von Micha und Thomas. Da wurde in den letzten Jahren mehr zur Schau gestellt als glaubhaft Lebensfreude rübergebracht.

»Ich weiß, was du meinst. So zufrieden wie auf diesem Foto habe ich ihn selten gesehen.«

»Ich habe keine Ahnung, was aus uns geworden wäre. Er hat sich jedenfalls unglaublich auf das Kind gefreut.«

Sie schweigen, hängen ihren Gedanken nach.

Corinna weiß, dass Micha immer weniger Lust hatte, lächelnd neben Thomas zu posieren. Sich immer im Blickfeld der spitzzüngigen Szene bewegen zu müssen. Auch er mochte keine »Definitionskäfige«. Für die Heteros spielten sie das biedere homosexuelle Paar, setzten sich für die Einführung einer Art Heirat für gleichgeschlechtliche Paare ein. In der Szene selbst wollte man jedoch dann nicht so spießig rüberkommen. Thomas ließ nie eine Gelegenheit verstreichen, einen Neuzugang anzubaggern. Um mit ihm, wenn es klappte, schnellstens in die Nacht zu verschwinden. Sie hatte nie mit Micha darüber gesprochen, wie es ihm damit ging. Und jetzt liegt sie neben der Frau, mit der Micha ein Kind gemacht hat. Und mit der sie, vor nicht mal einer halben Stunde, ziemlich guten Sex gehabt hat.

»Kannst du dir Micha als Sechzigjährigen vorstellen?«, fragt Corinna unvermittelt.

»Nein, gar nicht. Komisch.«

»Ich auch nicht. Manchmal denke ich, dass dieser rabiate, abrupte Tod zu ihm passte. Dass er nie alt werden wollte.«

Jetzt scheint Micha mit im Bett zu liegen.

Susanne räuspert sich.

»Versteh mich nicht falsch, ich male mir oft aus, was er alles noch so erlebt hätte, schöne Dinge meistens. Eigenartig, dass man oft nicht daran denkt, was denen, die früh sterben, erspart bleibt. Demenz, Krebs, Einsamkeit. Ach, was rede ich da. Vergiss es. Tut mir leid.«

»Schon gut. Wir vermissen ihn doch trotzdem. Und wie schön wäre es, wenn er Janni ein Vater sein könnte.«

Wie hat sie überhaupt …

»Wie hast du überhaupt erfahren, dass er tödlich verunglückt ist? Der Gedanke kommt mir eben erst.«

»Eine gemeinsame Kollegin, eine Mitarbeiterin von Micha, die wusste, dass wir befreundet sind, hat mich angerufen, nachdem die Nachricht an Michas Institut angekommen war. Wir hatten abgemacht, dass er sich erst nach seiner Rückkehr meldet. Es war schrecklich, dass ich meine Trauer mit niemandem teilen konnte.«

Ein bedrücktes Schweigen breitet sich in Susannes Schlafzimmer aus. Corinna betrachtet die Schatten an der Wand, ihr Hirn fühlt sich wattig an, es fallen ihr keine tröstlichen Worte ein.

Sie seufzen beide gleichzeitig, schauen sich beklommen in die Augen und müssen plötzlich lachen. Sie versuchen es zu unterdrücken, was nicht wirklich gelingt. Corinna beißt sich in die Faust. Heraus kommt ein heiseres Krächzen.

Wie im Schulgottesdienst früher.

Susanne wischt sich eine Träne aus dem Augenwinkel.

»Du meine Güte. Was er wohl sagen würde, wenn er uns hier sehen könnte?«

»Da würde ich keine Prognose wagen, auch wenn er nicht mehr widersprechen kann. Manche Hinterbliebenen glauben ja immer genau zu wissen, was der Verstorbene gesagt oder gewollt hätte. Da fallen dann Sätze wie: Ach, der Papa hätte bestimmt gewollt, dass du das und das machst.«

Susanne nickt fast unmerklich. Plötzlich sieht sie aus, als würde sie jeden Moment wegnicken.

»Ich glaube, ich schlafe gleich ein. Brauchst du noch was?«

Sie rappelt sich noch einmal kurz auf, gibt Corinna einen sanften Kuss auf die nackte Schulter, zieht sich die Decke bis unter die Nase und dreht sich von Corinna weg zur Seite.

»War schön!«, murmelt sie noch, um nach einem kurzen Zucken der Beine direkt in Tiefschlaf zu fallen. Keine Minute später hört Corinna ihre gleichmäßigen Atemzüge. Sie ist hellwach.

Ich hatte gerade Sex mit einer fast Unbekannten, mit der mein Bruder ein Kind gezeugt hat.

Obwohl sie unter einer gemütlichen Decke liegt, könnte es sich kaum anders anfühlen, wenn Susanne sie auf die Straße gesetzt hätte.

Kann das wahr sein? Die Frau ist der Gipfel der Gelassenheit. Dreht sich um und schläft. Ja, es war schön, aber was mache ich hier? Ob ich noch etwas brauche? Danke der Nachfrage! Ja, eine Bedienungsanleitung für mein Leben. Wäre ich mit ihr im Bett gelandet, wenn Micha nicht mit ihr zusammen gewesen wäre? Will ich ihm über die Intimität mit ihr nahe sein?

Corinna wischt sich den Schweiß von der Stirn. Sie fühlt sich wie in der Sauna nach einem Aufguss. Sie kann hier keine Minute länger liegen bleiben.

Als sie vorsichtig die Beine aus dem Bett schiebt, schwankt das Zimmer um sie herum. Ihr Kopf glüht, in ihren Ohren surrt es. Sie glaubt, ihren Blutkreislauf zu hören. Sie stützt sich auf dem bejahrten Nachttisch ab, beinahe rutscht das leere Weinglas auf den Boden.

Tief einatmen, lange ausatmen, die Luft anhalten und bis acht zählen.

Sie richtet sich auf und ist, ohne zu fallen oder irgendwo anzustoßen, mit drei hastigen Schritten an der Tür.

Nichts wie weg hier.

Von Susanne ist nichts zu hören.

Verdammte Scheiße! Meine Klamotten!

Sie schleicht zurück, klaubt rund um das Bett ihre Sachen zusammen, schon ist sie wieder im Flur. Ihr Rucksack steht neben der Garderobe. Wo sie ihn vor Stunden abgestellt hat. Als sie noch keine Ahnung hatte, dass sie mit ihrer Quasi-Schwägerin in der Kiste landen würde. Ein Kindernachtlicht steckt in einer der Flursteckdosen. Rasch zieht sie ihre Sachen an, greift nach ihrem Mantel. Soll sie Janni zum Abschied einen Kuss geben? Susanne einen Zettel hinterlassen? Aber was schreiben?

Hilfe, ich weiß nicht mehr weiter!? Grüß Janni.

Nein, nur raus hier. Sie schnappt ihren Rucksack, öffnet vorsichtig die Kette und das Innenschloss, zieht leise die Tür hinter sich zu.

Im kühlen Treppenhaus spürt sie prompt einen nicht zu ignorierenden Druck auf der Blase. Und einen schrillen Piepton im rechten Ohr.

Mist. Mist. Mist. Ich muss sofort pinkeln!

Vor der Haustür stellt sie den Rucksack auf der Eingangstreppe ab. Sie schaut sich um. Niemand zu sehen. Noch im Gehen knöpft sie ihre Jeans auf und hockt sich zwischen zwei Autos. Sie stöhnt vor Erleichterung. Zwei Häuser weiter öffnet sich die Haustür und eine Gruppe junger Leute tritt schwatzend aus der Tür.

Bitte, bitte! Geht in die andere Richtung.

Die Bitte wird ihr erfüllt. Das Grüppchen ist schnell verschwunden. Corinna stützt sich an der

Stoßstange des Autos vor ihr ab und drückt sich hoch. Ein kurzer Blick nach oben. Zu den Fenstern von Susannes Wohnung. Kein Licht. Sie sieht auf die Uhr. Kurz vor eins. Sie fragt sich, ob um diese Zeit noch ein Zug nach Köln fährt.

Ich bin so verdammt müde! Was für eine Schnapsidee, einfach so nach Leipzig zu fahren. Was für eine Schnapsidee, mit dieser Frau ins Bett zu gehen!

Ihr fällt ein, dass sie kein einziges Foto von Janni gemacht hat. Sie kann die ewige Kinderfotografiererei nicht leiden – trotzdem hätte sie jetzt gerne ein Bild von ihm.

Aber dann erinnert sie sich, dass sie zu Hause eines auf dem Computer hat.

Werde ich wiederkommen?

Nach einem letzten Blick auf die Hausfassade biegt sie um die Straßenecke und hält nach einem Taxi Ausschau. Sie hat das Gefühl, jeden Moment umzufallen, so heftig pumpt ihr Herz.

So, Corinna, jetzt reiß dich zusammen, sonst schaffst du es nicht. Das ist vermutlich eine Scheißpanikattacke, kein Schlaganfall. Und hier kommt ein Taxi.

In der Riesenhalle im Leipziger Hauptbahnhof schaut sie auf die Anzeigetafel mit den Abfahrtszeiten.

Um 4.49 Uhr geht der nächste Zug nach Köln. Einmal umsteigen am Frankfurter Flughafen. Das ist besser als die Verbindung über Halle und Erfurt. Ankunft 10.04 Uhr.

Sie muss fast vier Stunden totschlagen. Kurz malt

sie sich aus, dass Susanne aufwacht, feststellt, dass sie verschwunden ist und, mit dem Jungen im Schlepptau, gleich hier durch die Bahnhofshalle rennen und nach ihr suchen wird.

Schwachsinn! Sie würde den schlafenden Janni nicht mitten in der Nacht aus dem Bett zerren!

Corinna findet eine freie Sitzbank, legt ihre Beine auf den vor ihr stehenden Rucksack und schließt die Augen. Am liebsten würde sie einen ICE kapern und den Lokführer – *gibt es eigentlich Lokführerinnen?* – zwingen, mit Höchstgeschwindigkeit nach Köln zu fahren. Ohne Zwischenhalt.

Meine Damen und Herren. Auf Grund zwingender Umstände fährt unser Zug ohne Zwischenstopp bis Köln Hauptbahnhof!

Als sie aufschreckt und auf die Uhr schaut, ist es kurz nach vier. Sie hat Nachbilder von Micha und ihrem Neffen im Kopf. Ihr Nacken ist völlig verspannt. Der Schmerz zieht den linken Arm hinunter bis in den Ringfinger. Sie fühlt sich grauenhaft. Sie richtet sich etwas auf, lässt den Kopf nach vorne hängen und pendelt vorsichtig von einer Seite zur anderen.

»Guten Morgen.«

Neben ihr sitzt eine vielleicht siebzigjährige Frau in Funktionsklamotten und hält ihr eine Wasserflasche hin.

»Hier. Trinken Sie mal ordentlich. Sie sehen nicht gut aus.«

Corinna hebt den Kopf.

Die Frau sieht nicht aus wie eine Giftmörderin, außerdem klebt mir die Zunge am Gaumen.

Sie nickt, greift nach der Flasche und trinkt hastig.

»Danke.«

Sie reicht die Flasche zurück.

»Sie sind so blass. Und vor zwei Minuten war Ihr Gesicht knallrot und schweißnass. Darf ich mal Ihren Puls fühlen? Entschuldigen Sie, ich bin, also war, Ärztin. Aber wie es so schön heißt: einmal Ärztin, immer Ärztin! Ich fahre gleich nach Köln. Da ich schon lange vor meinem Wecker aufgewacht bin und nicht mehr einschlafen konnte, sitze ich jetzt schon hier rum. Typisch alte Schachtel. Aber wenn ich Sie so anschaue, dann ist das nicht umsonst gewesen. In Köln will ich mir die Fotos von Cartier-Bresson anschauen, bevor sie für Jahrzehnte in der Versenkung verschwinden.«

Sie lacht und greift nach Corinnas Handgelenk.

»Ich habe Sie hier sitzen sehen, schlafend, leichenblass. Da habe ich mich mal lieber neben Sie gesetzt.«

»Danke. Lieb von Ihnen. Es geht mir tatsächlich nicht so gut. Aber wenn bei mir der Puls oder Blutdruck gemessen wird, gehen die Werte sofort in die Höhe.«

Die Ärztin tastet resolut nach Corinnas Puls und schaut auf ihre Armbanduhr. Eine wunderschöne Nomos-Uhr mit einem hellgrünen Lederband, registriert Corinna bewundernd.

»Dreißig mal drei. Neunzig also. Das ist viel zu hoch für einen Ruhepuls.«

»Der ist nicht immer so hoch. Und wie gesagt,

kaum will jemand Blutdruck oder sonst was messen, wusch!«

Sie bewegt ihren Arm nach oben.

»Das wird schon wieder.«

Corinna versucht, sich zu straffen, einen besseren Eindruck zu machen.

Es tut gut, mit jemandem zu reden.

»Stress?«

»Und wie. Ich fahre auch nach Köln. Die Ausstellung ist übrigens grandios. Das Improvisierte hat seinen ganz eigenen Charme. Die Bilder sind überwiegend nicht gehängt, sie stehen überall im Raum am Boden. Einfach nur an die Wände gelehnt.«

»Vielleicht bleiben Sie besser während der Zugfahrt in meiner Nähe. Dann kann ich Sie wiederbeleben, wenn Sie zusammenklappen.«

Sehr lustig. Aber sicher kompetent. Ihre Gesellschaft tut mir jetzt schon gut.

Die zierliche Ärztin kramt in ihrem Rucksack, zieht einen wild gemusterten Fleeceschal hervor und streift ihn über den Kopf.

»Ist immer so zugig hier. Haben Sie was zu essen und trinken dabei?«

Sie schaut wieder auf die Uhr.

Corinna schüttelt den Kopf.

»Ich bin sehr überhastet aufgebrochen. Ihre Uhr ist toll.«

»Danke. Nachdem ich meine Praxis verkauft hatte, konnte ich mir diesen lang gehegten Wunsch erfüllen. Sonst habe ich nichts übrig für Luxusobjekte.«

Corinnas Magen knurrt. Laut genug, dass die energiegeladene Ärztin es auch hören kann.

»So, wir haben nicht mehr viel Zeit. Ich besorge Ihnen schnell etwas zum Essen und eine Flasche Wasser. Bleiben Sie bitte hier sitzen. Ich hole Sie hier wieder ab und wir gehen gemeinsam zum Zug! Passen Sie bitte auf meinen Rucksack auf!?«

»Wird gemacht. Danke.«

Aye, Aye, Madam!

Corinna packt den kleineren Rucksack der Ärztin auf ihren, legt kurz den Kopf ab und seufzt schwer.

In Gegenwart dieser Frau, die eine ziemliche Ähnlichkeit mit Helen Mirren hat, wie ihr gerade auffällt, fühlt sie sich sofort wieder normal. Corinna denkt an andere zufällige Reisebekanntschaften, bei denen in kürzester Zeit eine große Vertrautheit entstanden war. Begegnungen, die vielleicht nur ein oder zwei Stunden dauerten, die aber einen großen Raum in ihrer Erinnerung einnehmen. Da gab es Silvie. Beide hatten sie im Hamburger Bahnhof auf einen völlig verspäteten ICE gewartet und im Gespräch alles um sich herum vergessen. Den Ärger über die Bahn, den eiskalten Warteraum. Als der Zug endlich kam, waren sie Freundinnen, hatten einander intimste Dinge anvertraut. Wahrheiten ausgesprochen, die ihnen vorher nie über die Lippen gekommen waren. Und sich nie wiedergesehen.

Der Zug fährt pünktlich ab. Es gibt viele freie Plätze. Die beiden Frauen wählen einen Tisch im

100

Ruhebereich und setzen sich einander gegenüber. Helen Mirren kramt ein kariertes Küchenhandtuch aus ihrem Gepäck hervor und drapiert belegte Brötchen, zwei Croissants und eine Packung mit getrockneten Aprikosen darauf. Aus ihrer Thermoskanne gießt sie heißen Tee in die abgeschraubte Tasse.

»So, bedienen Sie sich. Nehmen Sie ruhig einen Schluck Tee. Hier, das ist Ihre Wasserflasche. Ich heiße übrigens Marianne.«

Sie hält Corinna die ausgestreckte Hand entgegen. Die beiden Frauen schütteln sich förmlich die Hand.

»Corinna. Ach, das sieht so appetitlich aus. Danke!«

Sie seufzt und greift nach einem mit Käse belegten Sesamkringel. Sie mag es, wenn Gurkenscheiben, Salatblätter und Mayo den Brötchenbelag aufpeppen.

Warum mache ich das zu Hause nicht?

Marianne greift nach einem Croissant und beißt herzhaft hinein.

Kurz vor Frankfurt duzen sie sich. Sie haben ihr Thema gefunden, sind in ein Gespräch über Ost-Schauspielerinnen vertieft.

»Ja, die Angelica Domröse habe ich in ›Die Legende von Paul und Paula‹ gesehen. In der Schule, in einer Film-AG. Tolle Schauspielerin.«

»Kennst du Gabriela Maria Schmeide?«

»Ist das die Üppige aus ›Halbe Treppe‹ von Andreas Dresen?«

Marianne lächelt.

»Genau die. In ›Die Polizistin‹ hat sie auch gespielt.

Die Ursula Werner auch. Stimmt schon, es gibt ganz wunderbare Schauspielerinnen aus dem Osten. Die Harfouch, die Ruth Reinecke, die Manzel, natürlich die Thalbach. Katrin Sass nicht zu vergessen. Die können Theater und Kino.«

»Ich bin so froh, dass diese tollen Frauen sich nach der Wende behaupten konnten. Die haben so eine Intensität, die mich umhaut. Auch in Interviews. Die kommen zur Sache! Ich freue mich über jeden Film mit einer von ihnen. Hoffentlich bleiben die alle lange im Geschäft. Ich möchte keine missen. Ich träume seit Langem davon, die Manzel mal live im Theater zu erleben! Singen kann sie auch.«

Corinna verschluckt sich, muss einige Male heftig husten. Marianne schaut sie mitfühlend an, wartet einen Moment ab und meint schließlich begeistert: »Das ließe sich doch organisieren. Ich besorge Karten, und wir treffen uns in Berlin. Du bist doch beruflich nicht so festgelegt, wie ich verstanden habe. Geht's wieder?«

Corinna nickt. Plötzlich nicht mehr ganz bei der Sache. Sie sieht Susanne im Sessel sitzen. Susanne hat eine ähnliche Wirkung auf sie, wie die gerade erwähnten Schauspielerinnen. Und da sind die Bilder der gemeinsamen Nacht: Susanne auf dem Bett, herausfordernd lächelnd. Sie spürt Susannes Zunge ihren Körper erforschend, hat ihren ganz leichten Schweißgeruch in der Nase.

»Meine Damen und Herren, in wenigen Minuten erreichen wir Frankfurt-Flughafen.«

Corinna zuckt zusammen.

»Oh, schon. Die Zeit ist schnell vergangen.«

Marianne beginnt, ihre Brotboxen und diverse andere Picknickutensilien im Rucksack zu verstauen.

»Wir haben alles aufgefuttert – ich habe alles aufgefuttert. Fährst du heute direkt wieder nach Leipzig zurück?«

Corinna spürt eine plötzliche Schwere auf der Brust. Sie fühlt sich rauskatapultiert aus dem behaglichen Kokon eines parallelen Lebens hier im Zug. Gleich würden sie umsteigen und in gut einer Stunde auseinandergehen.

»Ja, deswegen bin ich so früh los. Am späten Nachmittag geht mein Zug zurück. Meine Katze wartet auf mich.«

»Schade, du hättest bei mir schlafen können.«

»Darf ich mir dein wunderbares Angebot für ein anderes Mal aufsparen? Dann zeigst du mir Köln?«

»Klar. Ich würde liebend gerne mit dir noch mal in die Ausstellung gehen, aber ich bin einfach zu müde.«

Sie sieht die kraftvollen Fotos der ganz in schwarz gekleideten Frauen aus den Abruzzen vor sich.

Wie hieß das Dorf noch mal? Irgendwas mit S.

Der Zug nach Köln steht bereits am Gleis gegenüber. Die meisten Großraumwagen sind voll besetzt, aber in einem der letzten Waggons ergattern sie zwei Plätze nebeneinander. Corinna sehnt sich nur noch nach ihrem Bett, fühlt sich aber besser.

In zwei Stunden bin ich zurück in meiner Wohnung!

Marianne beginnt erneut zu plaudern. Im Laufe des mäandernden Gesprächs stellt sich heraus, dass sie in den frühen achtziger Jahren einen Urlaub in Kuba verbracht hat. Genau wie Corinnas Mutter.

»Meiner Mutter haben damals die DDR-Bürger total leidgetan. Sie wurden so schlecht behandelt. Geradezu unhöflich. Die Westdeutschen wurden hofiert. Von wegen sozialistische Bruderländer!«

»So ist es uns am Balaton ergangen. Wir hatten eben nur unser Alugeld.«

Als der Zug auf der Hohenzollernbrücke steht und auf das Einfahrtssignal in den Bahnhof wartet, hat Corinna das Gefühl, wochenlang verreist gewesen zu sein.

Ich war nicht mehr als vierundzwanzig Stunden unterwegs. Unfassbar!

Marianne steht bereits im Gang. Sie bückt sich, um den Dom besser sehen zu können. Corinna deutet auf das Museum Ludwig.

Auf dem Gleis umarmen sich die beiden Frauen verlegen. Als wäre die über Stunden entstandene Nähe plötzlich unangebracht. Sie versprechen sich, in Kontakt zu bleiben, sich auf jeden Fall bald in Berlin zum Theaterbesuch zu treffen. Festnetznummern und Adressen sind ausgetauscht, da Marianne weder Handy noch Computer besitzt.

Marianne entfernt sich mit raschen Schritten Richtung Bahnhofsvorplatz, ohne sich noch einmal umzusehen. Corinna schaut ihr hinterher, bis sie im

Gewusel verschwindet. Der Schlafmangel überfällt sie mit voller Wucht. Ihr Rucksack zerrt zentnerschwer an der Schulter. Sie steht wie ein Hindernis mitten in der Bahnhofshalle, versucht sich zu konzentrieren.

Es ist Sonntagmorgen. Ich bin heute Abend mit Marlene verabredet. Kino. Ich habe mit meiner Quasi-Schwägerin geschlafen, habe einen unglaublich süßen Neffen. Ich bin mitten in der Nacht abgehauen. Ich hatte eine Panikattacke. Und möchte nur noch nach Hause.

Sie kauft sich zwei Nussbrötchen und eine Laugenecke in einer Bahnhofsbäckerei und fährt die Rolltreppe zur U-Bahn hinunter.

Ich möchte nur noch schlafen, schlafen, schlafen.

Kalt ist ihr auch.

Corinna schließt ihre Wohnungstür auf, sieht als Erstes den Anrufbeantworter im Flur blinken. Zwei Mal wurde auf die Box gesprochen.

Sie lässt den Rucksack auf den Boden sinken und drückt die Taste für die Wiedergabe. Der erste Anruf ist vom Vortag. Es ist Marlene, die den abendlichen Kinobesuch absagt. Jochen ist krank geworden und bleibt in Köln. Auch egal.

Dann hört sie Susannes Stimme. Sie hat vor gut zwei Stunden angerufen.

»Hallo Corinna. Gerade hat Janni mich geweckt und mich nach dir gefragt. Ich habe fest geschlafen, überhaupt nichts davon mitgekriegt, dass du ohne Nachricht abgehauen bist. Ich dachte zuerst, du wärst Brötchen holen, aber dein Rucksack stand nicht mehr

im Flur. Ich habe Janni gesagt, dass du ganz früh weg-
musstest, weil du eine wichtige Verabredung vergessen hast. Dass du bald wiederkommst. Kommst du
wieder? Das ist alles ein wenig heftig. Ich kann nicht
behaupten, dass das alles nichts mit Michael zu tun
hat, aber … ich bin jedenfalls hier. Es war wunderschön. Ich warte …«

Der Piepton beendet Susannes Nachricht. Sie hat
zu lange gesprochen. Oder eher zu viele Pausen gemacht.

Ich will jetzt über nichts nachdenken. Frühstücken, hinlegen,
schlafen. Fertig.

Corinna zieht im Schlafzimmer ihre verschwitzten
Sachen aus, holt sich dicke Wollsocken und ihren
grünkarierten Flanellschlafanzug aus der Kommode.
Sie huscht ins Bad und spritzt sich eiskaltes Wasser ins
Gesicht. Ihre Gesichtshaut spannt, verlangt nach der
langen Zugfahrt danach, eingecremt zu werden. Sie
vermeidet den Blick in den Spiegel.

Wie werde ich schon aussehen nach einer durchgemachten
Nacht?!

Sie rubbelt sich trocken und cremt sorgfältig jede Ge-
sichtspartie ein. Der vertraute Mandelgeruch ihrer
Tagescreme hat etwas Tröstliches. Im Bademantel
schlurft sie in die Küche. Ihr ist immer noch kalt. Sie
kocht sich einen Melissentee, schmiert Butter und
Honig auf die mitgebrachten Brötchen, stellt alles
auf ein kleines Tablett und beschließt, im Bett zu
frühstücken.

Scanno. Scanno heißt der Ort in den Abruzzen.

Eine heiße Sehnsucht nach diesem Ort überfällt sie aus dem Nichts.

Dann: *Ich sollte Janni Michas Hundi schicken.*

Hundi ist ein leicht räudiger Plüschhund. Micha hatte ihn zum ersten Geburtstag bekommen und abgöttisch geliebt. Sein ganzes Leben lang fast überallhin mitgeschleppt. Nicht nach Namibia.

Nein, er ist nicht verunglückt, weil Hundi nicht dabei war!

Abergläubische Gedanken sind ihr nicht fremd. Sie kann sich nur darüber wundern, fragt sich, woher das kommt.

Corinna hat Hundi nach der Beerdigung aus der Wohnung in Frankfurt mitgehen lassen. Thomas ist es entweder nicht aufgefallen oder er wollte nichts sagen.

Sie nimmt Michas Kuschelhund vom Nachttisch, presst ihn an ihre Brust und wünscht sich, ein paar Stunden traumlos zu schlafen.

Als sie schweißgebadet aufschreckt, weiß sie nicht, wo sie ist. Die Sonne scheint blass durch den Spalt der nachlässig zugezogenen Baumwollgardine.

In einem bedrückenden Traum saß sie gerade noch, in eine dunkle Tracht gekleidet, mit anderen Frauen in einer kleinen Kirche. Die Bilder von Cartier-Bresson verfolgen sie sogar im Schlaf.

Sie schaut auf den Wecker. Es ist schon fast drei Uhr nachmittags. Ihr linker Fuß schmerzt. Sie bewegt das Sprunggelenk, zieht mehrmals die Zehen an und streckt sie wieder.

Marianne sitzt jetzt schon wieder im Zug nach Leipzig.

Sie fragt sich, was Susanne und Janni wohl gerade machen. Sie sieht sie in der Küche sitzen, Kuchen essen, Memory spielen. Ihr Herz schlägt höher.

Zwei Menschen, die ich am Samstagmorgen noch nicht kannte, haben sich in mein Herz eingeschlichen.

Sie hat sich in den letzten Monaten oft gefragt, ob ihr Leben ewig so vor sich hin plätschernd weiterginge. Um dann erschrocken an Michas Unfall zu denken. Als dürfte sie sich nichts im guten Sinn Aufregendes für ihr Leben wünschen. Als könnte sie damit nur neues Unglück heraufbeschwören.

Gestern hat ihr Leben rasant an Fahrt aufgenommen. Ohne dass etwas Schlimmes passiert ist. Sie sollte sich nicht beschweren.

Sie schwingt sich aus dem Bett, ihr Fuß ist wieder okay. Hundi liegt auf dem Fußboden. Sie hebt ihn auf und wirft ihn aufs Bett zurück.

Den bringe ich ihm irgendwann selbst vorbei. Nicht, dass er am Ende nie in Leipzig ankommt.

Sie stellt fest, dass sie gerade entschieden hat, ihren Neffen wiederzusehen.

Natürlich will ich ihn wiedersehen. Was denn sonst?

Sie schaltet den Computer an, öffnet das E-Mail-Programm.

»Liebe Susanne, lieber Janni, tut mir leid, dass ich Hals über Kopf wegmusste. Es war sehr, sehr schön bei euch, und ich komme wieder. Versprochen. Liebe Grüße, Corinna.«

Susanne wird sich vor den Kopf gestoßen fühlen, weil ich nicht persönlich an sie schreibe, überlegt sie kurz.

Sie schickt die E-Mail ab. Seufzt erleichtert. Es kommt ihr vor, als hätte sie sich Freiraum verschafft. Raum für eine spontane Entscheidung. Raum für eine Italienreise. Sie sieht sich eine Tasche packen, Reiseproviant einkaufen, ihren Golf betanken und losfahren.

Heute ist Sonntag, aber das ist kein Grund, nicht zu fahren. Oder?

Schon schreckt sie vor ihrer eigenen Abenteuerlust zurück. Aber sie robbt sich gedanklich wieder an das Abenteuer heran.

Wieso nicht?

Sie hat ihren Rätseljob für diesen Monat erledigt. Ihre Mutter erwartet sie erst nächstes Wochenende. Bis dahin kann sie zurück sein, oder den Besuch um ein paar Tage verschieben.

Wieso nur ausgerechnet Scanno?

Sie kann sich ihre Faszination für das Abruzzenkaff nicht erklären. Als würden 2004 noch schwarz gekleidete Frauen vor ihren Häusern sitzen und Spitzen klöppeln.

Muss ich alles verstehen? Muss ich nicht! Ich will weg. Unterwegs sein. Nicht erreichbar sein! In Ruhe über die Sache mit Susanne nachdenken.

In der Küche inspiziert sie ihre Vorräte. Da sind noch Käse, etwas Schinken und Oliven im Kühlschrank. Außerdem Äpfel, eine Tafel Schokolade, eine angebrochene Packung mit Butterkeksen. Eine halbe

Laugenecke ist noch übrig. Sie packt die Lebensmittel in den Einkaufkorb, packt eine Flasche Rotwein samt Glas dazu. Papierservietten, einen Teller und Besteck. *Was noch?*

Corinna, beflügelt von ihrem momentanen Hochgefühl, packt frische Wäsche, ein paar T-Shirts, einen leichten Wollpulli, Jeans und ein knitterfreies Sommerkleid in den gerade ausgeräumten Rucksack. Kurz nimmt sie ihren Badeanzug in die Hand, wirft ihn in den Schrank zurück.

Scanno liegt nicht am Meer.

4. Eine halbe Stunde später ist sie abfahrbereit

Eine halbe Stunde später ist sie abfahrbereit. Ein Apfel, die Kekse und eine Flasche Mineralwasser liegen griffbereit auf dem Beifahrersitz. Die Innere Kanalstraße ist frei, so schnell ist sie schon lange nicht mehr durch die Stadt gekommen. Auch auf der A3 Richtung Frankfurt ist kaum Verkehr. Auf Höhe des Westerwaldes kommt die Sonne ein wenig durch.

Corinna klappt die Sonnenblende nach unten und stellt das Radio an. »Toxic«. Britney Spears. Sie stöhnt auf. Dieser Titel wird gefühlt hundert Mal am Tag rauf und runter gespielt. Sie mag den seichten Elektropoptitel nicht besonders.

Ich hätte ein paar CDs einstecken sollen.

Sie stellt das Radio wieder ab, betrachtet die Landschaft, genießt das gleichmäßige Fahren, ohne überholen zu müssen. Die Strecke durch den Westerwald hat sie immer schon gemocht. In der Nähe von Limburg taucht ab und an parallel zur Autobahn die ICE-Trasse auf. Der Anblick des nackten Betonskeletts der erhöhten Bahnstrecke lässt sie an die brutal hässlichen Autobahnen in Italien denken.

Ich wünschte, ich wäre schon dort.

Ein Schild kündigt die Ausfahrt Niedernhausen an.

Hier fährt sie üblicherweise nach Mainz ab, kommt dann von der rechten Rheinseite aus über die Theodor-Heuss-Brücke in die Stadt. Ein Panorama, das sie immer geliebt hat.

Ist das schon über ein Jahr her, dass ich auf dem Friedhof war?

Bilder von Michas Beerdigung tauchen auf. Die vielen Freunde, die kaum Platz in der Friedhofshalle gefunden hatten.

Ich sollte Micha von seinem kleinen Jan erzählen!

Der Wunsch, das Grab zu besuchen, überwältigt sie aus dem Nichts. Sie nimmt die Ausfahrt und folgt der Landstraße Richtung Mainz. Micha wurde im Familiengrab ihrer Großeltern väterlicherseits beigesetzt. Wo auch ihr Vater beerdigt worden war. Micha hatte sich gewünscht, dass er dort, sollte es mal soweit sein, zur letzten Ruhe fände. Ohne ironisch gemeinte Euphemismen konnte er über den Tod nicht sprechen. Thomas wollte ihn in Frankfurt beerdigen lassen. Er rebellierte ein paar Tage gegen ihren und den Wunsch ihrer Mutter, dann ließ er sich umstimmen.

Als sie den Rhein überquert – die Prachtbauten aus rotem Sandstein schon im Blick –, hat sie Tränen in den Augen. Ihr Herz ist voller wehmütiger Erinnerungen an die Rückkehr von Sommerurlauben. Oder von Wochenendausflügen in den Taunus. Sie und Micha auf der Rückbank des Opel Kadett. Nach drei Wochen Mondsee pfiff der Vater beim Anblick des Kurfürstlichen Schlosses leise »Meenz bleibt Meenz«. Drückte zur Begrüßung einmal auf die Hupe. Sie grinsten sich zu. Sie wussten, ihre Mutter hatte schon den jährlich wiederkehrenden Spruch »Die Heimat hat uns wieder« auf den Lippen.

Wenn sie geahnt hätte, dass ihr Vater nur wenige Wochen nach der letzten Urlaubsreise aufgrund einer plötzlichen Hirnblutung im Schrebergarten der Oma tot umfallen würde – was hätte sie anders gemacht?

Das ist eine überflüssige Frage, die zu nichts führt.

Manchmal hat sie beim Anblick der Kirchenkuppeln eine Welle von Traurigkeit überfallen. Einmal schluchzte sie tatsächlich los. Ihre Mutter drehte sich kopfschüttelnd um, sagte nichts. Sie konnte ihre heftige Reaktion selbst nicht begreifen. Es hatte damit zu tun, dass der Sommerurlaub vorbei war, der Alltag mit Schule, den Reibereien zwischen den Eltern wieder losgehen würde.

Corinna fährt am Kurfürstlichen Schloss vorbei. Sie biegt links in die Kaiserstraße ein und folgt der zweispurigen Straße über die Bahngleise. Es ist nicht mehr weit bis zum Hauptfriedhof. Die Sonne steht noch hoch am Himmel. Es ist ein herrlicher Spätsommertag.

Sie beschließt, in der Nähe der Römersteine zu parken und den vertrauten Eingang in der Unteren Zahlbacher Straße zu nehmen. Sie parkt auf dem Seitenstreifen, greift wie selbstverständlich nach dem Korb mit dem Reiseproviant, wirft sich den Rucksack über die Schulter. Ihre Sachen will sie auf keinen Fall im Auto lassen.

Sie liebt Friedhöfe. Diesen besonders. Nachdem sie

im Geschichtsunterricht erfahren hatte, dass die Anlage Vorbild für den Pariser Friedhof Père-Lachaise gewesen ist, war sie den Weg zum Grab ihres Vaters mit anderen Augen gegangen. Als wäre der Vater Teil von etwas Größerem geworden. Als bekäme sein Tod durch die Verbindung zu diesem berühmten Friedhof in Paris einen Sinn.

Gedankenverloren folgt sie den Wegen unter den alten Bäumen, entlang der alten Gruften und steht schließlich vor dem Grab. Eine sehr weiße, pummelige Wolke schiebt sich vor die Sonne. Für einen kurzen Moment sieht sie aus wie das Malteserhündchen, das Micha und sie sich als Kinder zu jedem Geburtstag oder zu Weihnachten wünschten und nie bekamen.

Schickst du mir diese Wolke?

Stumm grüßt sie die begrabenen Verwandten. Ihren Vater, die Großeltern, Tante Hilda, die Schwester von Oma. Dann sind ihre Gedanken ganz bei Micha, seinetwegen ist sie gekommen. Sie starrt auf die jüngste Grabinschrift. »Michael Hartmann, Mainz 1966 – Walvis Bay 2002«.

Einige Gräber entfernt stellt eine ältere Frau einen bunten Blumenstrauß in eine Vase. Corinna meint, Astern und Dahlien zu erkennen. Der alten Dame fällt es sichtlich schwer, sich zu bücken. Sie nicken sich zu. Die stille Friedhofsatmosphäre vermittelt ein Gefühl der Geborgenheit.

Sie setzt sich auf die steinerne Einfassung. Das Grab sieht etwas verwildert aus, aber nicht verwahrlost. Sie fragt sich, ob Thomas noch regelmäßig herkommt. Der kleine Rosmarin, den sie für Micha gepflanzt hat, ist inzwischen doppelt so groß geworden. Sie reißt einen verblühten Löwenzahn aus und weiß nicht, wohin damit. Schließlich legt sie die entwurzelte Pflanze neben ihre Tasche.

Micha, ich habe deinen kleinen Sohn kennengelernt.

Der Tod ist für sie das absolute Ende. Sie glaubt nicht an ein Leben nach dem Tod, den bloßen Gedanken findet sie gruselig. Und doch. Und doch sitzt sie hier und spricht zu ihrem Bruder. Er hört sie nicht. Er kann sie nicht sehen, geschweige denn verstehen. Aber sie spürt eine Nähe zu ihm, das Bedürfnis, ihm alles zu erzählen.

Nein, nicht alles.

Nicht unbedingt die Details ihrer Nacht mit Susanne, dafür mehr über Janni. Wie ähnlich er ihm sieht. Wie gescheit er ist. Dass er schon sprechen kann.

Es tut ihr gut, zu ihm zu sprechen. Die kleine Traurigkeit in ihr fühlt sich fast wie Glück an.

Sie holt den Rotwein und das Glas aus der Tasche, öffnet die Flasche, füllt ihr Glas halbvoll. Einen kleinen Schluck gießt sie direkt aus der Flasche auf das Grab. Sie hebt das Glas.

Prost, ihr alle! Das ist ein Pfälzer Rotwein.

Solange man an die Toten denkt, sind sie zufrieden, hat sie mal irgendwo gelesen. Schöner Gedanke.

Sie nimmt einen kräftigen Schluck. Dann legt sie Käse, Schinken und Oliven auf den Teller. Sie isst, trinkt, hängt ihren Gedanken nach, ohne Gefühl für die vergehende Zeit.

Blödmann, du hättest mir sagen können, dass du mit Susanne ein Kind bekommst! Glaubst du, das hätte ich nicht verkraftet? Idiot!

Sie mag die grellen Zeremonien der Chinesen und der Mexikaner, die ihre Verstorbenen am Grab besuchen und ihnen Leckereien bringen. Sie belässt es bei dem Schlückchen Wein.

Warum ist hier nicht mehr Leben, warum sind wir auf dem Friedhof so furchtbar stumm?

Ungebeten steigen Erinnerungen an den Abend in ihr hoch, an den Abend, als der Anruf von Thomas, das schrille Läuten des Telefons, ihr Leben mit einem Schlag veränderte. Sie war auf dem Sprung, wollte mit einer Freundin in ein spätes Jazzkonzert. Die Schlüssel schon in der Hand, wäre sie beinahe gar nicht rangegangen. Thomas rief aus einem namibischen Krankenhaus an. Die Verbindung war schlecht. Im Hintergrund redeten lautstark Menschen. Worte, die sie nicht verstand. Er war zu Micha gekrochen, nachdem der Bus sich überschlagen hatte, und wusste sofort, dass Micha tot war. Er selbst schaffte es noch aus dem Bus, wurde ohnmächtig und wachte im Krankenhaus auf.

Sie weiß noch, dass sie dachte, dass Thomas sich geirrt hätte, dass Micha auch im Krankenhaus läge. Sofort nach dem knappen Telefonat rief sie die Reisegesellschaft an, die von nichts wusste. Das versetzte sie in Rage. Sie hat die Angestellte übelst beschimpft. Dann hat sie in diesem Krankenhaus angerufen. Wie war sie an die Nummer gekommen? Sie erinnert sich nicht. Sie fragte nach ihrem Bruder, war ganz euphorisch, als eine englisch sprechende Krankenschwester bestätigte, dass ein großer deutscher Mann mit dunkelbraunen Locken eingeliefert worden war. Was sich ziemlich schnell als Verwechslung erwies. Wenig später rief Ilse an und schrie mit sich überschlagender Stimme: »Er ist tot. Mein Micha ist tot!«

Danach war sie durch den Park gelaufen. Paare saßen eng umschlungen, sich küssend, auf Bänken. An der Kahnstation tanzten die letzten Unermüdlichen zu Salsa-Musik. Die Welt drehte sich weiter – sie gehörte nicht mehr dazu. Eine unendliche Wut auf Micha fraß sich in ihr Hirn. Dieses blöde Arschloch hatte sie mit der Mutter alleingelassen.

Corinna schreckt auf. Ihr Kopf hängt unbequem über den Knien. Die alte Dame ist weg, die Sonne fast verschwunden. Es ist kühl. Sie richtet sich auf, massiert ihren Nacken.

Ich muss eingeschlafen sein.

Sie ist sicher, dass sie intensiv geträumt hat, kann sich aber an nichts erinnern.

Fühlt sich so eine Amnesie an? Du weißt genau, du hast etwas Wichtiges erlebt – aber da ist nur ein schwarzer Kasten und ein Ziehen in der Brust.

Sie schaut auf ihre Uhr. Kurz vor acht.

Bei Sonnenuntergang wird zugesperrt. Hoffentlich komme ich noch raus. Ich muss los, ihr Lieben. Macht's gut.

117

Die Weinflasche ist fast leer. Den Rest gießt sie neben das Grab, schnippt eine Ameise vom Teller und packt die Reste ein. Sie ist hundemüde. Beinahe stolpert sie über ihre eigenen Füße.

Als sie zwei verbandelte Feuerwanzen neben der steinernen Grabeinfassung erkennt, ist der alte Ekel wieder da. Als Zehnjährige glaubte sie, dass diese rotschwarzen Biester sich von den Toten ernährten.

Ein letzter Blick auf das Grab und ein stummer Abschiedsgruß.

Als sie am Ausgang ankommt, ist ein Friedhofsangestellter dabei, abzuschließen.

»Lassen Sie mich noch raus!«, ruft sie ihm zu.

Er nickt und lässt sie durch. Sie bedankt sich, hört, wie sich hinter ihr der Schlüssel im Schloss dreht. Sie hat das Gefühl, aus dem Paradies vertrieben worden zu sein.

Es ist wenig Verkehr auf der Straße.

Sonntagabend in Deutschland, denkt sie. Tagesschau. Tatort. Ihre Beine sind bleischwer, wenigstens ihr Korb ist leichter geworden.

In der Nähe, in einem der rheinhessischen Weindörfer, wohnt eine alte Schulfreundin. Die könnte sie anrufen. Rita hat sie schon oft eingeladen. Sie verwirft die Idee sofort wieder. Sie mag sich heute Abend nicht mehr unterhalten und überhaupt hat sie zu viel Alkohol im Blut.

Ich schlafe im Auto. Auf dem Uniparkplatz. Ich kann froh sein, wenn ich heil dort ankomme und nicht mit 1,5 Promille erwischt werde.

Eine Viertelstunde später ruckelt sie sich auf dem Rücksitz zurecht, versucht, eine einigermaßen bequeme Liegeposition zu finden. Sie zieht eine uralte Häkeldecke über sich und schläft sofort ein.

Ein kitzliger Sonnenstrahl im Gesicht weckt sie auf.

Ihre Unterschenkel und die Knie tun höllisch weh. Das Bedürfnis, sofort die Beine auszustrecken, ist größer als der Wunsch, den pelzigen Geschmack auf ihrer Zunge loszuwerden. Sie richtet sich stöhnend auf, öffnet die Autotür, schiebt ihre Beine nach draußen und macht ein paar Übungen in der Luft. Sie traut sich kaum, auf beiden Beinen zu stehen, hat Angst, sofort hinzuschlagen.

Sauna und eine Massage wären jetzt genau das Richtige.

Sie greift nach der Wasserflasche, trinkt den Rest in einem Zug aus. Hunger hat sie auch. Es ist kurz vor sieben. Für eines der Cafés am Dom ist es noch zu früh.

Die öffnen bestimmt nicht vor neun.

Wenigstens ist heute Werktag. Sie beschließt, in Bahnhofsnähe zu parken, in der Toilettenanlage die Zähne zu putzen und sich ein wenig frisch zu machen. Ihr Kopf dröhnt.

Ich hätte den lieben Toten der Familie mehr Rotwein gönnen sollen.

Sie hat das Gefühl, völlig aus ihrem Leben gerutscht zu sein. Und schon wieder den Eindruck, dass sie seit Wochen unterwegs ist.

Wann war ich in Leipzig? Vorgestern? Wahnsinn.

Pendler eilen über den Bahnhofsvorplatz zu den Zügen. Die ersten Schüler steigen johlend aus den Umlandbussen und stürmen auf einen Kiosk zu.

Für den ersten Hunger kauft sie sich eine Brezel auf die Hand. Das ist pure Nostalgie. Sie liebt es, den Mund voller Laugengebäck zu haben, die Salzkristalle auf der Zunge zu spüren.

Wasser, Studentenfutter, Bananen, Kekse. Noch was?

Sie ist im nächstbesten Supermarkt. Zwei belegte Brötchen hat sie schon gekauft. Sie steht vor den Süßigkeiten. Das Kribbeln ist wieder da. Hastig greift sie nach zwei Tafeln Zartbitter-Chili-Schokolade und steckt sie in ihre Tasche.

Auf dem Weg zur Kasse fängt es in ihren Ohren an zu rauschen. Ihr ist schwindelig. Ihr Kopf heiß. Sie hat das Gefühl, gleich umzukippen.

Lass es sein. Du bezahlst die zwei Tafeln Schokolade und alles ist in Ordnung. Du hast letztes Mal so verdammtes Glück gehabt.

Sie greift in ihre Tasche und legt die Schokolade in den Einkaufskorb.

Es geht nicht mehr. Meine Psyche spielt nicht mehr mit.

Erleichtert legt sie alles aufs Band. Sie zahlt und verlässt den Laden. Eine wohlige Benommenheit durchströmt ihren Körper und ihr überbeanspruchtes Hirn. Alles erscheint federleicht.

Ich lebe, bin gesund, habe zu essen, eine Wohnung, eine Arbeit. Freundinnen. Ich bin eine ganz passable Malerin, besitze sogar ein Auto. Zugegeben, eine ziemlich lahme Schrottkiste.

… Und neuerdings weiß ich, dass ich einen kleinen Neffen habe. Und ein ungeklärtes Verhältnis zu dessen Mutter.

Corinna verstaut ihre Vorräte, schiebt sich wieder hinter das Lenkrad. Sanft lehnt sie den Kopf an die Nackenstütze und schließt die Augen.

In diesem Moment ist sie sicher, dass sie nie wieder klauen wird. Ihre Nerven spielen nicht mehr mit. Ihr Körper hat die Notbremse gezogen, es ist vorbei.

Vielleicht bin ich gerade zu müde. Lege ich wieder los, wenn ich besser in Form bin? Nein, ich will das nicht mehr!

Mit zehn Jahren hat sie eine Tafel Haselnussschokolade bei Edeka gestohlen und ihrem Vater aufs Grab gelegt. Es war seine Lieblingssorte. Beim nächsten Besuch war sie weg. Natürlich war ihr klar, dass sich ein Kind oder ein Tier – sie stellte sich einen Waschbären vor – die Schokolade genommen hatte. Vor Jahren hat sie diese Begebenheit ihrer Therapeutin erzählt. Ihr anvertraut, dass sie seitdem immer wieder im Supermarkt geklaut hat. Keine Schokolade mehr für den Vater, sondern Naschkram für sich selbst, den sie gierig in sich hineingestopfte. Chips, Schaumwaffeln. Süßes, Fettiges, Salziges, bis ihr schlecht war. Jahrelang. Sie hat durch die Therapie begriffen, dass Kinder sich schuldig fühlen, wenn ein Elternteil stirbt. Hartnäckig glauben sie, alles ist passiert, weil sie nicht brav genug waren. Weil sie mal wütend auf Mutter oder Vater waren.

Sie seufzt, öffnet die Augen.

Eine Frau mit einem angeleinten Mops kommt auf das Auto zu. Das Gesicht kommt ihr bekannt vor.

Augen und Kinnpartie erinnern sie an ein Mädchengesicht.

Ist das Lisa? Aus der Realschule?

Eigentlich Anna-Lisa. Anna-Lisa Schmidt, die üble Rädelsführerin? Hat ein Grüppchen ihr ergebener Mädels befehligt. Kleineren wie ihr wurde nach der Schule aufgelauert, die Schultasche ausgeleert, Hefte zerrissen. Beim ersten – und für sie gleichzeitig letzten – Klassentreffen war für einen Moment die alte Angst wieder da, als Lisa, zwanzig Zentimeter größer und massig, vor ihr stand. Inzwischen stark übergewichtig, Mutter von vier Kindern und sichtbar dem Alkohol zugetan. Wollte sich an nichts erinnern. Als Corinna sie auf ihre Übergriffe ansprach, hatte sie lapidar geantwortet: »Wird so schlimm nicht gewesen sein. Außerdem waren wir Kinder.«

Sie hatte sich umgedreht und Lisa stehen lassen. Froh darüber, kein Kind mehr zu sein.

Die Wiederbegegnung mit der ehemaligen 10b war ein ziemlicher Reinfall. Man traf sich in einem rheinhessischen Weindorf, wanderte durch die Weinberge, anschließend ging es ab zur Weinverkostung beim Winzer. Zum großzügig ausgeschenkten Wein gab es Käsewürfel und Salzstangen. Danach schwankten die meisten aus dem Keller ins gebuchte Lokal zum Abendessen.

Gleich nach dem deftigen Menü machte sie sich aus dem Staub. Es war nett gewesen, zwei frühere Freundinnen wiederzusehen, aber im Grunde hatte sie sich gelangweilt. Oder schlimmer. Sie hatte sich nicht

zugehörig gefühlt. Es war alles wie in der Sparkassen-
reklame. Mein Mann, meine Kinder. Das war im Urlaub auf Mallorca. Das ist Rocco, unser Retriever.

Sie fuhr mit der Erkenntnis nach Köln zurück, dass
diejenigen, die sie früher halbwegs mochte, heute
noch sympathisch waren und andersherum.

Außer dem Familiengrab gab es in Mainz keine An-
laufstelle mehr für sie.

Corinna startet die Zündung, legt den ersten Gang
ein, gibt Gas und verlässt die Stadt auf dem gleichen
Weg, den sie gekommen ist.

5. Sie fährt wieder auf die Autobahn

Sie fährt wieder auf die Autobahn, Richtung Süden. Scanno liegt immer noch in weiter Ferne. Ihrem Ziel ist sie gerade einmal zweihundert Kilometer näher gekommen. Trotzdem spürt sie keine Eile.

Eins steht fest: Heute Abend wird sie in einem richtigen Bett schlafen. Ihr Nacken würde ihr eine weitere Nacht auf dem Rücksitz nicht verzeihen. Sie überlegt, wo sie Halt machen könnte.

München kommt nicht in Frage.

Murnau wäre schön. Sicher ein Umweg, aber das spielt keine Rolle. Wenn sie gut durchkäme, könnte sie abends noch um den Staffelsee radeln, danach eine Runde schwimmen. Ein Weißbier trinken, dazu ein Knödelgericht und im Hotelbett auf der Stelle einschlafen.

Wie hieß der Gasthof noch mal, direkt am See? Wie lange ist das her, dass ich mit Marlene auf der Rückreise von Italien dort gelandet bin?

Sie lächelt beim Gedanken an die damalige Reise. Marlenes dunkelgrüner R4 hielt damals genau bis vor die Haustüre durch. Der Karton Rotwein, den sie bei einem Winzer im Friaul gekauft hatten, knallte ihr beim Ausladen auf die Füße. Die rechte kleine Zehe war gebrochen, und nur eine Flasche heil geblieben.

Lange her.

Der Verkehr auf der Autobahn fließt zäh dahin. Nach dem Wochenende besteht die rechte Spur aus einer endlosen Reihe von Lkw.

Sie ist froh, als sie nach stundenlanger Monotonie auf der Landstraße durchs Alpenvorland fährt.

Der Murnauer Ortsteil Seehausen scheint unverändert malerisch. Den Gasthof Stern findet sie problemlos. Es grenzt direkt an die Kirchenmauer.

Sie biegt auf den Kiesweg ein, parkt direkt vor dem Eingang zum Restaurant. Alles wirkt vertraut. Eine Schiefertafel preist den Schweinsbraten mit Semmelknödeln an.

Sie hat Glück – sie bekommt das letzte Zimmer. Ein Radlertreffen hat den gesamten Gasthof in Beschlag genommen, erklärt ihr der Angestellte am Empfang. Sie glaubt sich an ihn zu erinnern. Oder eher an seine dunkelgrüne Trachtenjacke mit den Hirschhornknöpfen. Eine lautstarke Gruppe mittelalter Männer ist ihr draußen im Biergarten schon aufgefallen. Sie hofft, dass die Gruppe morgen beizeiten raus muss und nicht bis Mitternacht grölend Bier unter ihrem Fenster trinken wird.

Sie hat sich vorgenommen, früh aufzubrechen, um am späten Abend in Scanno anzukommen. Es dürften immer noch ungefähr tausend Kilometer sein.

Rasch stellt sie ihren Rucksack und den Korb in dem kleinen Zimmerchen mit Blick auf den Biergarten ab. Die Radlerhose ist schnell ausgepackt.

Jetzt bedauert sie doch, dass sie ihren Badeanzug nicht eingesteckt hat. Sie schnallt eine kleine

Bauchtasche um, packt Brieftasche, Sonnenbrille und einen Müsliriegel ein, trinkt im Badezimmer hastig zwei Gläser Leitungswasser und verlässt den Gasthof Richtung Dorfmitte.

Beim Verkehrsamt leiht sie sich ein Tourenrad und beginnt die Seeumrundung – vorbei am Strandbad Murnau und der Schiffsanlegestelle.

Nach dem langen Sitzen im Auto tut ihr anfangs noch jeder Muskel weh, aber nach einer halben Stunde genießt sie das rhythmische Treten, den leichten Fahrtwind und das außergewöhnliche, spätnachmittägliche Licht. Das blaue Land.

Dieses Licht hat sie alle nach Murnau und ins Umland gelockt. Die Münter, den Kandinsky, den Franz Marc.

Die Bergketten liegen im Dunst. Man könnte sie für Wolken halten. An der Badestelle in Uffing überlegt sie, kurz eine Pause zu machen und sich ein Radler zu genehmigen, aber sie ist so schön im Bewegungsfluss. Ein paar vereinzelte Radler und Wanderer kommen ihr entgegen. Auf dem Staffelsee sind noch wenige, eher kleinere Segelboote unterwegs. Das Personenschiff, das zwischen Seehausen und Uffing pendelt, vollbesetzt mit Touristen, fährt gemächlich seine letzte Tour an diesem Tag. Alles wirkt still, friedvoll. Von den Touristen an Bord ist nichts zu hören. Vermutlich sind sie müde von ihren Tagesunternehmungen, genießen stumm den Blick auf die Berge.

Die Kasse des Seehausener Strandbades ist schon geschlossen, aber es gibt einen geöffneten Nebeneingang. Den kennt sie vom letzten Mal.

Zwei Jugendliche spielen Tischtennis, vereinzelte Paare sitzen in der Pizzeria, einen Hinterkopf kann sie im Wasser ausmachen. Sie geht an den äußersten Rand der Grünanlage, schält sich aus ihrem verschwitzten Poloshirt und der Radlerhose. In Unterhose und BH stürzt sie sich ins Wasser und krault in Richtung der kleinen Insel. Sie schätzt die Wassertemperatur auf zweiundzwanzig Grad. Trotzdem wird ihr nach ein paar Minuten kalt. Sie ist keine gute Schwimmerin, nie gewesen.

Sie kehrt um. Ihr Magen knurrt. Kein Wunder, dass ihr kalt ist. Zurück am Ufer zieht sie sofort die nasse Unterwäsche aus. Sie schaut sich um. Kein einziges Fleckchen Sonnenschein. Schnell zieht sie Hose und Shirt über und verlässt vor Kälte leicht zitternd das Strandbad. Sie schiebt das Rad zum Verleih zurück. Kettet es an einen der Fahrradständer, wirft, wie verabredet, den Schlüssel in den Briefkasten des Verkehrsamtes.

Jetzt heiß duschen, was essen und schlafen!

Früher, in den Sommerferien, hat sie ganze Tage im Schwimmbad verbracht. Ist mit Micha, mit nassen Haaren, leicht verbrannten Schultern, dem klammen Badeanzug unter dem geliebten blassblauen Sommerkleid, nach Hause geradelt. Sie hatten blaue Lippen und einen Riesenhunger, sind beim Abendbrot fast eingeschlafen.

Verdammt noch mal! Hört das nie auf mit den Erinnerungen?

Am Empfang ist niemand zu sehen. Sie streckt sich über den Tresen und greift nach ihrem Zimmerschlüssel.

Nach einer kurzen heißen Dusche hält sie, im hellgrünen, etwas verknitterten Outdoorkleid, im Biergarten Ausschau nach einem Platz, sieht aber nur belegte Tische.

Mist, ich will nicht alleine drinnen in der Gaststube sitzen.

Rechts, vor der Wand des großen Saals, sitzen die Eingeborenen am Stammtisch. Überwiegend alte Männer in Tracht, mit Gamsbarthüten, einen Maßkrug vor sich. Sie prosten sich zu, säbeln an riesigen Schweinshaxen, wischen mit dem Zeigefinger den Bierschaum von ihren Schnurrbärten. Einer fällt aus der Reihe, er trägt ein Basecap zur Lederhose.

Der allgemeine Geräuschpegel ist hoch, das Personal läuft mit vollen Tabletts über die Kieswege. Sie wandert mit den Augen die einzelnen Tische entlang. Ihr Blick bleibt weit hinten an einer Frau hängen, die ohne Begleitung unter einer Kastanie sitzt.

Ich frage sie, ob ich mich dazusetzen kann.

Corinna steuert entschieden auf den Tisch zu, stößt beinahe mit einer Kellnerin, die ihr mit einer Ladung schmutziger Teller entgegenkommt, zusammen. Ihr ist flau zumute.

Kein Wunder! Der Magen hängt mir an den Knien. Außerdem bin ich müde vom langen Autofahren und der Radtour.

»Kann ich mich dazusetzen oder warten Sie noch auf andere?«

»Ich habe auf Sie gewartet!«

Eine attraktive Frau mit platinblonden, raspelkurz geschnittenen Haaren zeigt mit der rechten Hand auf den Platz ihr gegenüber. Ihr Alter ist schwer zu schätzen. Sie könnte dreißig sein, ebenso gut auch zehn Jahre älter.

Das fehlt mit gerade noch. Angebaggert zu werden. Oder wie soll ich das verstehen? Ich hätte mich in die Gaststube setzen sollen! Wie komme ich aus der Nummer wieder raus?

»Entschuldigung! Das war wohl etwas übergriffig. Ist mir so rausgerutscht. Ich habe mich gerade ein bisschen alleine gefühlt unter all diesen Familien und Männerbünden. Und da kommen Sie daher wie eine Erscheinung. Bitte bleiben Sie. Letztlich wollte ich nur andeuten, dass ich mich über etwas Gesellschaft freue.«

Alles klar. Kann ich verstehen.

»Ich habe seit einer gefühlten Woche mit niemandem mehr geredet. Gegen ein wenig Gesellschaft habe ich nichts.«

Corinna setzt sich an den Tisch mit der rotkarierten Tischdecke. Sie ist sich sicher, dass ihr Gegenüber weibliche Gesellschaft meinte. Sie trägt, soweit sie sehen kann, einen sportlichen, dunkelblauen Overall, ein schickes Designerteil, und wirkt ausgesprochen elegant.

Eine Kellnerin im Dirndl reicht Corinna die Speisekarte.

»Schon was zum Trinken?«

»Ein helles Weizenbier, bitte!«

»Gerne.«

»Wohnen Sie hier im Gasthof?«

Die Platinblonde trinkt einen Schluck Weißbier und wischt sich mit dem Handrücken über den Mund.

»Ja, aber nur für eine Nacht. Morgen früh breche ich auf. Ich möchte am Abend in Scanno – das liegt in den Abruzzen – ankommen. Oder wenigstens in Pescara.«

»Das ist eine lange Strecke. Sind Sie alleine unterwegs?«

»Ja, das war eine spontane Idee. Gestern bin ich in Köln losgefahren. Es zieht mich magisch dorthin. Außerdem muss ich mir über ein paar Dinge klar werden.«

Was erzähle ich denn da! Ich kenne die doch gar nicht.

»Da sind Sie aber nicht allzu schnell vorangekommen! Die Magie hat wohl nicht so richtig gewirkt. Ein Gegenzauber ist am Werk!«

Corinna muss lachen.

»Stimmt. Gestern bin ich betrunken auf einem Grab eingeschlafen. Zweihundert Kilometer von Köln entfernt. Ich habe die Nacht im Auto verbracht. Deshalb freue mich heute unglaublich auf ein richtiges Bett. Ich hoffe, der Gegenzauber ist besiegt.«

Na toll, nur weiter so. Ich bin die reinste Plaudertasche.

»Na, wer weiß. Manchmal planen wir und dann kommt das Leben dazwischen und – Simsalabim – alles wird anders. Ich wollte hier einen Fahrradurlaub mit meiner Liebsten machen. Es hat sich leider so ergeben, dass sie mit einer anderen unterwegs ist. Das hatte vermutlich wenig mit Gegenzauber zu tun, eher ein Ergebnis zweier unterschiedlicher Temperamente, die ungut aufeinanderprallten. Jetzt verbringe ich meinen Urlaub alleine. Ich bin übrigens Alexandra, Alex.«

Dachte ich es mir doch!

»Corinna.«

Die Kellnerin bringt das Bier und einen Salatteller mit Fischfilets für die Platinblonde und wünscht guten Appetit.

»Was darf es für Sie sein?«

»Die Allgäuer Kässpatzen mit Röstzwiebeln und Salat.«

»Gerne.«

Schon ist sie zum Nachbartisch unterwegs – nimmt mit einem Blöckchen Bestellungen auf und räumt leere Biergläser ab.

»Ihr Teller sieht gut aus. Guten Appetit. Auf die Kässpatzen freue ich mich schon den ganzen Tag. Auch wenn ich genau weiß, dass mir hinterher schlecht wird.«

Stimmt gar nicht. Ich wollte eigentlich Knödel essen, aber die gibt es nur mit Schweinebraten.

Corinnas Gegenüber nimmt sich das in eine rote Papierserviette eingewickelte Besteck aus einem Bierkrug und betrachtet zufrieden ihren Teller.

»Das ist hiesiger Fisch aus dem Staffelsee. Renken.«

Sie lächelt Corinna kurz zu und schiebt sich eine Gabel mit Fisch und einem Klecks Remoulade in den Mund. Corinna setzt ihr Bierglas an, legt den Kopf leicht in den Nacken und trinkt einen ordentlichen Schluck.

Und jetzt?

Sie fühlt sich befangen, säße lieber alleine am Tisch oder hätte besser das ältere Paar da drüben gefragt, ob sie sich dazusetzen darf.

Da wäre ich mit ein wenig Smalltalk davongekommen. Woher? Wohin? Guten Appetit! Gleichfalls.

Eine kleine piksige Kastanie, nicht viel größer als eine Erbse, fällt auf die karierte Tischdecke. Corinna greift danach, spielt damit, trinkt erneut einen Schluck Bier. Ihre Tischgenossin hält die Gabel von oben, in einer Art Faustgriff, wie viele Amerikaner es tun. Das passt nicht zu ihrer eleganten Erscheinung. Sie bestellt schon das nächste Bier.

Scheint einiges zu vertragen.

Endlich kommt ihr Essen. Eine Riesenportion. Dazu der separate Salatteller.

»Sieht gut aus. Scheint für zwei Personen zu sein. Guten Appetit!«

Alexandra schaut kurz auf Corinnas Teller und schaufelt sich die nächste, vollgeladene Gabel in den Mund. Sie essen, nehmen einen Schluck Bier, essen, schauen auf ihre Teller. Es ist Alexandra, die das Schweigen bricht.

»Kennen Sie das kleine Kneippbecken hinter dem Parkplatz? Ein eiskalter Bach fließt da durch. Das wäre sicher ein schöner Abschluss dieses Tages. Gut gegen schwere Beine nach einer Radtour. Sind Sie dabei?«

»Ja, warum nicht.«

Alexandra schiebt zufrieden lächelnd ihren leeren Teller beiseite und beginnt, von ihrer Arbeit in München zu erzählen. Corinna nickt hin und wieder, hört nur mit halbem Ohr zu.

Meine Güte! Ich bin pappsatt. Die Hälfte hätte gereicht.

Sie schiebt den Teller mit dem hart gewordenen Käse und den fettigen Zwiebeln von sich weg. Das Essen liegt ihr jetzt schon schwer im Magen.

Sie wird den Eindruck nicht los, dass diese Frau ihr imponieren will. Ständig lässt sie Namen von anscheinend in München bekannten Leuten fallen, die sie durch ihre steil verlaufene Karriere kennengelernt hat. Ihr sagen die Namen nichts. Und ständig zieht sie diesen Schmollmund.

Soll wohl sexy sein.

An den Nachbartischen herrscht ein ständiges Kommen und Gehen. Es dauert, bis die Kellnerin auf ihr Winken reagiert. Als sie endlich kommt, schiebt ihr Alexandra, Corinnas Empfinden nach, ein viel zu hohes Trinkgeld über den Tisch.

Die Gaslaternen sind angegangen. Corinna schaut zum Himmel. Sie kann keinen einzigen Stern erkennen. Die beiden Frauen schlendern über den Parkplatz, steigen die wenigen Stufen zum Kneippbecken hinunter. Bei Alexandras Gang muss Corinna an eine Schleichkatze denken – energievoll, elegant bewegt sie sich vorwärts und doch scheint die Schwerkraft außer Kraft gesetzt zu sein. Corinna erinnert sich gut an das kleine Naturbecken. Damals glaubte sie, eine Wasserschlange zu sehen, und rannte schreiend aus dem gestauten Bach. Es war nur ein kleiner Ast, den Marlene ihr lachend hinterherwarf.

»Mmh, du riechst gut.«

Beinahe hätte sie einen Satz gemacht, so überrascht ist sie über die plötzliche physische Nähe ihrer neuen

Bekanntschaft. Alexandra steht unmittelbar hinter ihr an der Bank oberhalb des Beckens, öffnet bereits den Reißverschluss ihres Overalls.

Corinna spürt unwillig, dass sie rot wird.

Das war doch klar, dass sie ihre Chance sucht. Was hast du denn gedacht? Tu jetzt nicht so unschuldig. Genieße es halt!

Hat sie sich nicht an Silvester geschworen, dass sie das Leben wieder näher an sich rankommen lassen will. Silvester, als sie im Duett mit Marlene »Nothing compares to you« gesungen hat. So als wären sie immer noch ein Paar. Einige Freundinnen vermuteten anschließend, sie wären wieder zusammen. Zumal Jochen mit einer dicken Erkältung zu Hause im Bett lag.

Sie würde niemandem schaden, wenn sie jetzt ein wenig flirtete. Kurz denkt sie an Susanne. Kann es immer noch nicht richtig fassen, dass sie mit ihr im Bett gelandet ist. Und schon ist auch das dämliche schlechte Gewissen wieder da, weil sie während ihres stummen Gesprächs mit Micha am Grab die spontane sexuelle Leidenschaft zwischen ihr und Susanne nicht erwähnt hatte.

»Micha, ich verstehe dich nur zu gut. Susanne ist einfach eine unglaublich tolle Frau. Es ist einfach passiert!«, hätte ich sagen können.

Sie nestelt an ihren Turnschuhen herum.

Bin ich denn verrückt? Er ist tot. Und ich lebe! Das sind jetzt meine besten Jahre – vermute ich jedenfalls. Außerdem ist das hier nichts Ernstes.

In ihrer Küche hängt eine schwarz-weiße Postkarte mit dem Foto eines Jungen mit Pudelmütze. Darauf steht: »Was soll ich tun?« Und die Antwort: »Lebe wild und gefährlich.« Das antwortete Arthur Schnitzler seinem französischen Freund Arthur Rimbaud.

Ich bin niemandem Rechenschaft schuldig, auch Micha nicht.

Und jetzt steht sie mit einer attraktiven Unbekannten in der Dunkelheit und starrt auf ein Kneippbecken.

Corinna lässt ihre Schuhe an der Bank stehen, hebt ihr Kleid ein wenig an und setzt vorsichtig einen Fuß in das Bachbett. Das Wasser ist so eisig, dass sie spontan die Luft durch die Zähne zieht. Schnell geht sie die wenigen Schritte bis zur Haltestange. Kieselsteine drücken sich schmerzhaft in ihre Fußsohlen.

Bei der Kälte vergeht mir jede Erotik!

Alexandra stakst in Unterwäsche auf die Haltestange zu. Als wäre es das Selbstverständlichste der Welt, sich einer so gut wie Unbekannten in Slip und Bustier zu präsentieren. Sie baut sich dicht vor Corinna auf, hält sich einen Moment an ihr fest, als hätte sie das Gleichgewicht verloren.

Your heart is as black as night. Wieso muss ich jetzt an dieses Lied denken?

Sie spürt hinter Alexandras charmanter Fassade eine fordernde Unterströmung. Die Lust auf einen kleinen Flirt ist ihr schon wieder vergangen, auch wenn das eisige Wasser ihre Müdigkeit vertrieben hat.

Corinna dreht sich um, hält mit einer Hand ihr Kleid hoch, mit der anderen greift sie nach der Stange,

135

versucht, auf Abstand zu Alex zu bleiben. Beide stolzieren im Storchenschritt um die Haltestange herum.

Das Schilf bewegt sich leicht. Bis auf das Geglucker des Bachs und das Geräusch beim Eintauchen ihrer Beine ist es sehr still.

Nach vielleicht zwei Minuten hält Corinna die Eiseskälte des Gebirgsbachs nicht länger aus. Hastig läuft sie zurück zur Bank. Ihre Fußsohlen schmerzen. Sie ist schon ewig nicht mehr barfuß gelaufen.

Wenn ich länger hier wäre, könnte ich mich steigern.

Und schon ist Alexandra neben ihr.

»Garstig, oder? Warme Socken wären jetzt schön.«

»Sind ja nur ein paar Schritte zum Gasthof. Ich freue mich auf mein Bett!«, antwortet Corinna. Sie möchte jetzt nur noch weg.

»Kennst du das Museum in Murnau? Oder das Münter-Haus? Sollen wir nicht morgen den Tag miteinander verbringen? Wir haben uns gerade erst kennengelernt. Ich finde dich toll und weiß kaum etwas von dir. Du hast wenig erzählt, und anscheinend musst du nicht wirklich morgen schon losfahren. Schenk mir einen Tag.«

Alexandra geht leicht in die Knie und deutet eine Verbeugung an.

Was soll das denn? Geht's noch? Ich bin nicht deine Königin.

»Dreimal nein. Ich will morgen auf jeden Fall los. Sonst kann ich die Abruzzen vergessen. Am Wochenende muss ich zurück in Köln sein. Sicher sehen wir uns noch beim Frühstück. Danke für die Gesellschaft. Gute Nacht.«

Corinna greift nach einem ihrer Turnschuhe, zwängt ihren feuchtkalten Fuß hinein, was leider länger dauert, als ihr lieb ist. Auf einem Bein balancierend zieht sie den zweiten Schuh an. Alexandra ist damit beschäftigt, in ihren Overall zu steigen, zieht eine Schnute, berappelt sich aber sofort wieder.

»Schade. Schlaf gut, du schöne Frau.«

Alexandra drückt ihr einen hingehauchten Kuss auf die Wange.

»Ja, du auch.«

Corinna geht mit kräftigen Schritten den schmalen Pfad zum Parkplatz hoch. Sie versucht, den Eindruck zu vermeiden, sie sei auf der Flucht. Aber sie braucht dringend Abstand zu dieser Frau.

Attraktiv ist sie ja.

Zehn Minuten später liegt sie, erleichtert darüber, endlich alleine zu sein, mit dicken Wollsocken im Bett. Ein paar Zecher sitzen noch im Biergarten. Durch das gekippte Fenster hört sie vereinzelte Stimmen.

6. Als sie aufwacht

Als sie aufwacht, noch bevor sie die Augen öffnet, hört sie den Regen. Mitsamt ihrer Zudecke, die sie sich wie einen Mantel überwirft, schaut sie aus dem Fenster und kann den Kirchturm kaum ausmachen.

Das nennt man wohl einen satten Landregen.

Pfützen stehen auf dem Kiesweg. Ihr Golf sieht aus wie frisch aus der Waschstraße. Sie seufzt und bückt sich nach den Wollsocken, die während der Nacht auf dem Boden gelandet sind.

Als wäre es plötzlich Herbst geworden.

Sie schaut auf die Uhr. Es ist schon kurz vor zehn. Sie kann es kaum fassen. Wann hat sie das letzte Mal so tief und scheinbar traumlos geschlafen? Sie muss sich beeilen, damit sie überhaupt noch ein Frühstück bekommt.

Ich habe fast elf Stunden geschlafen! Mist, Mist, Mist. Ich wollte längst unterwegs sein. Hätte ich nur den Wecker gestellt.

Den uralten Reisewecker, eine Erinnerung an ihren Vater, hat sie gestern Abend gar nicht ausgepackt. Weil sie immer gegen sieben Uhr aufwacht. Und weil der Wecker zwar sehr hübsch ist, aber ziemlich laut tickt. Sie mag sich nicht von ihm trennen. Er ist ihr Reise-Talisman.

Sie hasst es, bei Regenwetter Auto zu fahren. Und seit Kurzem reagieren ihre Augen empfindlich auf das Abblendlicht entgegenkommender Autos.

Verärgert wirft sie die Decke aufs Bett und huscht ins Bad. Sie wirft sich mit beiden Händen kaltes Wasser ins Gesicht. Sie trinkt ein paar Schlucke, fährt sich durch die Haare und verlässt zwei Minuten später, in Jeans und einem leichten Wollpulli, das Zimmer.

Kaum betritt sie den Frühstücksraum, wedelt Alexandra munter mit der Hand und winkt sie zu sich. Sie sitzt an einem hinteren Tisch – mit Blick zum Eingang.

Lediglich ein älteres Paar sitzt noch beim Frühstück. Die Radler sind längst weg, geht es Corinna durch den Kopf. Eine Bedienung räumt geräuschvoll Geschirr ab.

Kann die nicht warten, bis alle fertig gefrühstückt haben? Oder ist das Absicht?

Corinna geht durch den holzgetäfelten Raum und bleibt vor Alexandras Tisch stehen.

»Ich weiß nicht, ob du Laugenbrötchen und Croissant magst, aber ich habe beides für dich hier im Körbchen gebunkert, bevor nichts mehr da ist. Kein schöner Reisetag heute, oder? Hier ist die Kaffeekanne, ist noch genug drin!«

Alexandra trägt einen kuschelig aussehenden türkisblauen Rollkragenpulli und lächelt ihr charmantes Haifischlächeln.

»Guten Morgen. Danke.«

Corinna lässt sich gegenüber von Alex auf den Stuhl sinken. Alex ist bereits damit beschäftigt, ihr

139

Kaffee einzuschenken, dann hält sie ihr den Brotkorb vor die Nase. Corinna greift nach dem Croissant und beißt hinein. Es schmeckt, wie es schmecken sollte. Der Kaffee duftet. Ihr Missmut wegen des miesen Wetters ist verschwunden.

Alexandra schiebt einen hübsch mit Gurke und Radieschen dekorierten Käseteller zu ihr hin.

Häuslich scheint sie zu sein. Und es ist wunderbar, zur Abwechslung mal selbst verwöhnt zu werden.

»Du hast bestimmt schon entschieden, dass du heute nicht weiterfahren kannst, bei so einem Dreckswetter? Vielleicht habe ich das Vergnügen, dir Murnau zu zeigen? Ist doch ein richtiger Museumstag!«

Alexandra schaut sie an, als wolle sie Corinna hypnotisieren und legt für einen kurzen Moment eine Hand auf ihre.

Dann lass ich ihr mal das Vergnügen, mir Murnau zu zeigen! Sie muss nicht wissen, dass ich verschlafen habe und bei Regenwetter Angst vorm Autofahren habe. Könnte ganz schön sein, einen »geführten Tag« zu erleben. Mal nichts selbst entscheiden zu müssen.

»Stimmt. Bei diesem Wetter möchte ich nicht fahren. Aber ich möchte auf jeden Fall in eine Buchhandlung. Ich brauche einen Reiseführer für Italien. Ich bin spontan losgefahren, habe nicht daran gedacht.«

»Kein Problem. Ich freue mich. Wir können meinen Wagen nehmen. Ich habe sogar zwei Regenschirme im Kofferraum!«

Corinna wird das Gefühl nicht los, dass sie Alexandra einen Riesengefallen tut. Sie wirkt auf einmal völlig entspannt, ganz in ihrem Element als Macherin. Corinna schaut sich nach dem Büfett um. Sie hat einen Riesenappetit. Sie steht auf, holt sich einen Apfel und ein gekochtes Ei, bevor alles abgeräumt wird.

Das ältere Paar schielt ständig zu ihnen hin, versucht anscheinend herauszufinden, in welcher Verbindung sie beide zueinander stehen. Der Ehemann verschlingt Alex geradezu mit den Augen.

Und Alex dreht groß auf. Bestellt noch etwas Kaffee für Corinna nach, stellt ihr den Salzstreuer hin, schneidet ihr den Apfel auf. Als wäre sie ein kleines Küken, das sie in Watte packen und wärmen möchte.

Soll sie doch. Hauptsache, sie erwartet keine »Gegenleistung«.

Die Kellnerin knallt am Nebentisch verschmierte Frühstücksteller und Tassen auf ein Tablett. Ihre Ungeduld ist nicht zu übersehen. Das Paar steht auf und verabschiedet sich mit falschem Lächeln und Kopfnicken.

»Wir sollten jetzt auch den Saal räumen. Sonst werde ich noch taub«, meint Alex ziemlich laut und wirft der Angestellten einen vernichtenden Blick zu. »Treffen wir uns in einer halben Stunde auf dem Parkplatz? Ich fahre das hellrote Münchner Cabrio.«

Passt. Alex – Modeeinkäuferin für ein großes Münchner Unternehmen – zeigt selbstverständlich gerne, was sie sich leisten kann.

Kurz geistert ihr Susanne durch den Kopf. Es liegen Welten zwischen den beiden.

»Gib mir fünfundvierzig Minuten. Ich muss noch duschen.«

»Oh, là là. Du sitzt mir ungewaschen gegenüber! Aufregend.«

Alexandra sieht, dass Corinna eine Grimasse zieht, stellt abrupt die Anmachmaschinerie ab und antwortet nüchtern:

»Gut, wir sehen uns dann in einer Dreiviertelstunde.« Sie steht auf und verlässt den Tisch ohne ein weiteres Wort.

Oh là là, Madame ist gekränkt.

»Probier doch die Hausspezialität. Die Agnes-Bernauer-Torte. Mit Mokkabuttercreme und einem Nussbaiserboden. Oder nimm ein Stück Baumkuchen. Schmeckt beides köstlich. Diese Torten kannst du dir, tiefgefroren in Styropor verpackt, das ganze Jahr über schicken lassen.«

Meine Güte, die Frau kann dich den ganzen Tag mit Infos zulabern!

Das Café Krönner ist proppenvoll. Die Sitzplätze draußen unter der Markise sind wegen des schrägfallenden Regens unbesetzt.

Trotzdem bummeln einige Touristen mit schützend nach vorn gehaltenen Regenschirmen in der denkmalgeschützten Fußgängerzone an den hübschen Häusern vorbei. Bayerns schönste Flaniermeile, meinte Alex vorhin. Da könnte was dran sein. Alles sehr geschmackvoll, nur die grelle Werbung einer Drogeriekette beleidigt das Auge.

Mittags haben sie sich eine frisch belegte Leberkäs-semmel in der angeblich besten Metzgerei Murnaus geholt. Der Regen hatte für ein paar Minuten aufgehört. Mit Blick auf die Berge im Hintergrund flanierend schien es Corinna, als könne man ewig geradeaus bis zu den Alpen laufen.

Ich möchte wiederkommen und länger bleiben. In diese Brauereigaststätte, an der wir vorhin vorbeigekommen sind, einkehren. Für ein Picknick am See in diesen süßen Läden einkaufen. In das kleine Kino gehen. Nicht alleine, auf keinen Fall alleine. Mit Susanne? Mit ihr auf einen Berg wandern, mit Janni im Tragegestell? Hör auf, Corinna. Das sind Hirngespinste! Ja, es war schön mit ihr, aber wir haben Micha in der anderen gesucht.

»Wo bist du mit deinen Gedanken?« Alex holt sie aus ihren Träumereien, schaut sie mit leicht tadelndem Blick an. Corinna versucht, sich ihren Unmut über Alex' zudringliche Frage nicht anmerken zu lassen.

»Ich dachte daran, dass Murnau ein toller Ort für einen längeren Urlaub wäre.«

»Jederzeit.«

Die großen Scheiben sind leicht beschlagen. Die klassisch in Schwarz und Weiß gekleideten Bedienungen wuchten schwer beladene Tabletts mit Tortenstücken durch den Raum. Es werden auch Suppen und Eier im Glas serviert. Einige Gäste werden mit Namen begrüßt, haben einen reservierten Stammplatz. Sie hatten Glück und einen kleinen Tisch im Fenster ergattert – wo zwei Damen gerade im Aufbruch waren.

143

Corinna würde sich am liebsten auf einer der Polsterbänke hinten an der Wand ausruhen. Es ist gleich siebzehn Uhr. Sie ist hundemüde. Sie bestellt sich die Haustorte und einen doppelten Espresso dazu. Alex nimmt Schokoladentarte und ein Glas Weißwein. Es ist ihr nicht gelungen, Corinna zu einem Glas Wein zu überreden.

Der Bestellung war folgender Dialog vorausgegangen: »Wenn ich jetzt Wein trinke, dann falle ich direkt vom Stuhl.« »Ich würde dich liebend gerne auffangen.« Da Corinna ihr beim Trinken partout keine Gesellschaft leisten will, kippt Alexandras Laune von jetzt auf gleich. Gerade noch ganz Verführerin, schon verdunkelt sich übergangslos ihre Miene und sie straft Corinna durch eisernes Schweigen.

Allmählich wird mir klar, warum diese Frau verlassen wurde.

Corinna nimmt den Abruzzen-Reiseführer aus ihrer Umhängetasche und fängt an zu blättern. Alex nippt an ihrem Wein, stochert in der Schokotarte herum und starrt aus dem Fenster. Zehn Minuten später hält sie das Schweigen nicht länger durch.

»Wo sollen wir heute Abend essen? Bei uns im Gasthof oder beim Ähndl? Das Lokal ist zwar ein paar Kilometer entfernt, aber sehr empfehlenswert.«

Hat sie kapiert, dass ihre Masche bei mir nicht zieht?

»Lass uns erst mal Kaffee, ähm, Wein und Kuchen genießen. Ich bin ziemlich kaputt. Das war ein langer – und sehr schöner Tag.«

Jetzt nur nichts Falsches sagen.

»Wir könnten mit dem Taxi hinfahren. Kein Problem.«

»Ja, mal sehen.«

Corinna ist von diesem Blauen-Reiter-Tag völlig erledigt. Nicht, dass es nicht schön war, an diesem grauen Tag die farblich meist heiteren Bilder zu betrachten. Zuerst waren sie nach Kochel gefahren – ins Franz-Marc-Museum. Die Lage des Museums, der Anblick des wunderschönen Altbaus hatten ihr am besten gefallen. Aber die Bilder von Marc erinnerten sie zu sehr an die Bildbetrachtungen in der Schule.

Lag eher an der Schule als am Maler. Der arme Kerl ist auch nicht alt geworden. Bei Verdun von einer Granate zerfetzt worden. Scheißkrieg.

Nach Kochel stand das Murnauer Schlossmuseum an. Wieder ein wunderschönes Gebäude. Aus den mittelalterlichen Fenstern schauten sie in die trübe, regnerische Landschaft. Die Münter-Bilder dagegen leuchteten farbenfroh, lebendig. Corinna hat sich mit Postkarten aus dem Museumsshop eingedeckt. Landschaftsmotive, Murnauansichten. Auch für Alex hat sie eine Karte mit einem Blumenstillleben als kleine Aufmerksamkeit ausgesucht.

Zuletzt dann das Münter-Haus mit seinen hübschen blauen Fensterläden und dem Bauerngarten davor. Sie konnte sich gut vorstellen, in diesem Haus einen Sommer zu verbringen. Malen, wo Gabriele Münter bis zuletzt gemalt hatte.

Alex erwies sich als charmante Reiseführerin, solange alles nach ihrer Nase ging. Corinna hat ihr die

Tagesgestaltung überlassen und sich dankbar von Station zu Station kutschieren lassen. Aber jetzt will sie einfach nur im Reiseführer schmökern und die Ansichtskarte an Janni schreiben.

Was schreibt man einem Kind? Dass man Schafe oder Kühe gesehen hat? Eine besondere Eidechse?

Sie hat sich für eine Karte mit einem Murmeltier entschieden und gegen das Foto einer zum Almabtrieb geschmückten Kuh.

»Lieber Janni, weißt du, dass Murmeltiere pfeifen können? Sie warnen damit ihre Kumpel vor Adlern und anderen Tieren, vor denen sie sich besser in Acht nehmen sollten. Und schon verschwinden alle im Bau und sind in Sicherheit.«

Die Kellnerin bringt die Rechnung. Sie hat gleich Feierabend und möchte abkassieren.

»Ich lade dich ein. Als kleines Dankeschön, dass du mich den ganzen Tag rumkutschiert hast.«

Alexandra hat sich berappelt und lächelt wieder ihr einnehmendes Lächeln, das Corinna nicht völlig kalt lässt.

Diese Frau ist ein Wirbelsturm. Sie reißt dich mit, hebt dich hoch. Aber wehe, du bist nicht begeistert, von ihr davongetragen – und vermutlich in Ketten gelegt zu werden.

»Gerne. Und ich lade dich heute Abend in dieses tolle Lokal ein. Ich rufe gleich dort an, bestelle einen Tisch und ein Taxi! Es wird dir gefallen.«

Alexandra hebt ihr Weinglas, prostet Corinna zu.

Die schiebt gerade eine letzte Gabel voller Mokka-creme samt Baiser in den Mund. Sie fühlt sich zu erschöpft, zu träge, um dieser Frau zu widersprechen. Dann fahren sie eben in dieses Lokal.

Was soll's?! Morgen bin ich weg. Warum sollte ich nicht diesen Abend mit einer schönen Frau genießen, gut essen und dann ins Bett verschwinden? Den Wecker stellen, tief und fest schlafen und morgen um sieben Uhr losfahren!

»Einverstanden. Ich muss mich aber vorher ein Stündchen ausruhen!«

Außerdem will sie schon heute ihr Zimmer zahlen.

»Wie kommt es, dass wir noch einen Tisch bekommen haben?«

Corinna schaut sich um. Allzu viele Tische gibt es nicht, und die Außengastronomie fällt an diesem nass-kalten Tag völlig weg. Sie fühlt sich sofort aufgehoben in der gemütlichen Gaststube. Wildblumen in kleinen Milchflaschen auf jedem Tisch. Verschieden große Geweihe an der Wand, ein paar alte Gemälde. Der heiter wirkende Raum zitiert alte Bauernwirtschaften, aber ohne Herrgottswinkel.

»Ich hatte schon gestern Nachmittag reserviert. Bevor du an meinem Tisch gelandet bist. Ich gehe immer hier essen, wenn ich in Murnau bin. Ich musste nur noch Bescheid geben, dass ich eine reizende zweite Person mitbringe. Natürlich hätte ich abgesagt, wenn du lieber in unserem Gasthof geblieben wärst!«

Corinna nickt.

Wieso hat sie das nicht gleich gesagt? Ist doch kein Problem. Sie ist eben gut organisiert.

Alexandra macht eine Geste mit der Hand, als würde sie ihr eine Immobilie präsentieren, meint etwas selbstgefällig, wie Corinna findet: »Ist doch gemütlich hier, oder?« und dreht sich zur Tresenkraft um. Sie nennt ihren Namen, fragt nach dem reservierten Tisch. Die junge Frau schaut in das Reservierungsbuch und zeigt auf einen Vierertisch, an dem bereits zwei Frauen in den Fünfzigern vor einem Wein sitzen.

Wegen des Wetters müssten jetzt alle zusammenrücken, erklärt die Kellnerin entschuldigend.

Corinna ist erleichtert. Keine intime Zweiersituation mehr für heute, abgesehen von der unvermeidlichen Rückfahrt im Taxi.

Alex grüßt die beiden Frauen unwirsch, ihr Gesichtsausdruck spricht Bände. Es passt ihr nicht, den Tisch teilen zu müssen. Als sie sitzen, legt Corinna beschwichtigend ihre Hand auf Alexandras Schulter und flüstert: »Ist doch okay. Hauptsache, wir haben überhaupt ein nettes Plätzchen.«

Corinnas Handauflegen zeigt sofortige Wirkung. Alexandras zusammengepresste Lippen entspannen sich, ihre Augenbrauen lassen locker. Sie stellt sich erstaunlich rasch auf die ungebetene Viererkonstellation ein, wirft ihr Charmeaggregat an und beginnt zu plaudern.

Die beiden Hamburgerinnen machen zum ersten Mal Urlaub im Blauen Land und berichten bereitwillig von ihren Ausflügen. Man prostet sich zu, freut sich auf das Essen und die Sonne, die morgen wieder zum Vorschein kommen soll.

Der Kellner – oder ist es der Chef? – bringt eine Schieferplatte mit Obatzda, Räucherforellendip, dazu ein Körbchen mit verschiedenen Brotsorten. Gänseblümchen garnieren die Amuse-Bouches.

»Sieht das toll aus. Gut, dass du mich hierher gebracht hast.«

Alex legt ihre Hand auf Corinnas und wendet sich an die Hamburgerinnen.

»Wir hatten trotz des fürchterlichen Regens heute einen wunderbaren Tag. Corinna kannte die Museen noch nicht.«

Mit schelmischem Blick setzt sie nach:

»Natürlich waren wir auch im Krönner. Ich konnte sie von der Agnes-Bernauer-Torte überzeugen. Wir sind sicher nicht zum letzten Mal dort eingekehrt. Sie kennen doch das Café Krönner?«

Jetzt dreht sie aber auf!

Corinna spürt, wie ihr der Wein in den Kopf steigt. Sie hat das Gefühl, den ganzen Tag gegessen zu haben. Ausgiebiges Frühstück, die Leberkässemmel, das riesige Tortenstück, trotzdem hat sie schon wieder Hunger. Als wäre sie den ganzen Tag über gewandert, dabei saß sie nur im Auto.

Langsam zieht sie ihre Hand unter Alex' Hand hervor und greift nach ihrem Wasserglas. Sie macht sich nicht die Mühe, dem Bild, das Alex von ihnen entwirft, etwas entgegenzusetzen.

Sollen die Frauen doch denken, dass wir ein Paar sind.

Sie lächelt träge vor sich hin, schmiert sich Obatzda auf ein Stück Graubrot, vertilgt den Happen mit zwei Bissen und greift nach der nächsten kleinen Brotscheibe.

Gut, dass ich einen ordentlichen Reiseführer gekauft habe.

Die letzten Kilometer der Anreise nach Scanno hörten sich ziemlich abenteuerlich an. Es erwartet sie eine sich windende, in Fels gehauene Straße durch eine Kalkschlucht, bevor sie an einem See landet. Die Frauen tragen tatsächlich noch Trachten mit orientalisch anmutenden Kopfbedeckungen. Man mutmaßt, dass die Bevölkerung ursprünglich aus Kleinasien oder vom Roten Meer einwanderte, deswegen säßen die Frauen während der Gottesdienste auch heutzutage noch auf dem Boden. Ob die Männer auch auf dem Boden hockten, wurde nicht erwähnt.

Morgen sitze ich wieder ganz alleine im Auto.

Gerade ist ihr jedes Bedürfnis nach abenteuerlichen Unternehmungen abhanden gekommen. Mitten einem Mal fühlt sie sich, als würde ein schweres Gewicht auf ihrer Brust lasten.

Ich bin einfach müde. Morgen sieht die Welt wieder anders aus.

Der Hauptgang wird auf großen angewärmten Tellern serviert. Auf den Bänken sitzen die Gäste mittlerweile Oberschenkel an Oberschenkel, der allgemeine Geräuschpegel steigt. Die vier Frauen wünschen sich noch mal einen guten Appetit, sind sich

150

einig, dass jedes einzelne Gericht ganz wunderbar aussieht.

Alexandra winkt die Bedienung herbei.

»Ich nehme noch ein Ettaler. Und du? Noch einen Wein?«

Corinna winkt ab.

»Einen Nachtisch? Sollen wir uns einen Kaiserschmarrn teilen? Der ist toll hier! Mit Zwetschgenkompott.«

Nee, danke, ich schaffe schon die Schlutzkrapfen nicht. Ich bin proppenvoll. Gut, dass wir mit dem Taxi zurückfahren. Sie hat jetzt schon das dritte Bier.

»Danke. Ich kann nicht mehr. Lass uns mal ein Taxi bestellen.«

»Das Bier darf ich aber schon noch trinken?«

Ein gewisser Unterton ist nicht zu überhören.

Wenn ich bedenke, dass wir uns gerade mal gute vierundzwanzig Stunden kennen!

Die Hamburgerinnen sind im Aufbruch. Sie tauschen noch ein paar Floskeln mit ihnen aus, dann sind sie weg.

»Schade, dass wir den ganzen Abend Smalltalk machen mussten. Vielleicht doch noch einen Absacker?«

Corinna schüttelt den Kopf, gibt der Bedienung ein Zeichen.

»Ich bin schon halb am Einschlafen.«

Alex trinkt ihr Bier in einem Zug aus.

»Meine Sache. Das haben wir so abgemacht!«, sagt Alex bestimmend. Sie schnappt der Kellnerin den Bon aus der Hand und zückt ihre Scheckkarte.

151

Alex besteht darauf, Corinna zu ihrem Zimmer im ersten Stock zu begleiten. Mit dem Rücken zur Zimmertür stützt sie sich mit einem Arm am Rahmen ab. Sie zieht ihren Schmollmund.

Was wird das jetzt? Will sie mir den Weg abschneiden?

»Nimmst du mich mit in dein Scanno? Wir könnten meinen Wagen nehmen. Ich habe Urlaub, du hast frei. Was spricht dagegen?«

Sie federt von der Tür weg, zieht entschlossen mit beiden Händen Corinnas Gesicht zu sich heran, küsst sie direkt auf den Mund. Das kommt für Corinna nicht völlig überraschend. Schon im Taxi hat sie die ganze Zeit überlegt, wie sie den Abschied, ohne Alex vor den Kopf zu stoßen, über die Bühne bringen soll. Sie war davon überzeugt, dass Alex versuchen würde, sie ins Bett zu kriegen. Warum auch nicht.

Zögernd erwidert sie den Kuss, spürt widerwillig, wie ihr Körper reagiert. In ihrem Kopf schrillen die Alarmglocken. Ein Teil von ihr ist nicht völlig abgeneigt. Ein anderer schreit: Mach, dass du wegkommst!

Was dagegen spricht, dass du mit mir nach Scanno fährst? Eine ganze Menge. Außerdem ist Scanno mein Traum, warum auch immer.

Sanft schiebt sie Alex zurück.

»Ich bin zu müde. Das war ein langer Tag – ein sehr schöner Tag!«, säuselt sie. Sie legt eine Hand auf Alexandras Arm, redet beschwichtigend weiter.

»Ich bleibe morgen noch hier. Lass uns beim Frühstück darüber reden. Wir könnten eine Radtour machen und danach ins Strandbad gehen – wenn das

Wetter wirklich so sonnig und warm werden sollte wie angekündigt. Wie wäre es mit halb zehn im Frühstücksraum?«

Alex zieht eine Schnute.

Sie guckt wie ein beleidigtes Kind.

Dann flüstert sie:

»Ich könnte dir noch einen weiteren Höhepunkt bieten. Du müsstest gar nichts machen. Ich erwarte keine Gegenleistung, versprochen.«

Danke, dass du mit deinen blöden Anmachsprüchen jegliche Lust vertreibst!

Corinna kramt den Zimmerschlüssel aus ihrem Rucksack.

»Kann ich morgen darauf zurückkommen?«

Auweia, ist das peinlich. Warum sage ich ihr nicht einfach, dass ich nicht will? Dass eine andere Frau in meinem Kopf herumgeistert? Eine, die sehr anziehend und kein bisschen manipulativ ist.

»Versprochen?«

»Versprochen!«

Sie fährt Alex durchs Haar und drückt ihr einen kurzen Kuss auf die Wange.

»Gute Nacht. Schlaf gut!«

In diesem Moment brummt das Handy in Alexandras Tasche.

»Mist! Wer ist das denn um diese Zeit? Na, ich kann es mir denken.«

Während sie sich zur Seite beugt, um in ihrer übergroßen Handtasche zu wühlen, wirft Corinna ihr eine Kusshand zu und dreht sich zur Zimmertür. Hastig schließt sie auf, zieht den Schlüssel mit dem wuchtigen schweren Anhänger aus dem Schloss, drückt die Tür auf, lächelt Alex noch einmal zu und verschwindet ins Zimmer.

Sie lehnt sich schlapp von innen gegen die Zimmertür.

Wieso bin ich so bereitwillig eingeknickt. Will ich wirklich noch einen Tag bleiben? Wie müde ich plötzlich bin.

7. Das Weckerklingeln dringt nur langsam zu ihr durch

Das Weckerklingeln dringt nur langsam zu ihr durch. Mit einem heiseren Aufstöhnen streckt sie sich zum Nachttisch und stoppt das nervtötende Geräusch.

Gerade noch hat sie geträumt, dass sie in haarsträubendem Tempo durch eine wilde Landschaft mit engen Kurven rast. Ein hellrotes Cabrio hing ihr fast im Kofferraum, blendete sie mit der Lichthupe, nötigte sie, die Kurven viel zu schnell zu nehmen. Sie drohte in die Schlucht zu stürzen, als Papas Reisewecker sie aus diesem Albtraum holte.

Ihr T-Shirt ist nassgeschwitzt, ihr Puls rast.

So ein bescheuerter Traum! Und mein Körper reagiert, als wäre ich tatsächlich in den Abgrund gestürzt.

Mit einem Ruck wirft sie die Bettdecke von sich und läuft ins Bad. Sie braust sich lauwarm ab und ist innerhalb von zehn Minuten bereit zur Abfahrt.

Missmutig schaut sie sich in dem kleinen Zimmer um, ob sie auch nichts vergessen hat. Sie hat tief und fest geschlafen, fühlt sich erholt, aber der Traum steckt ihr noch in den Knochen.

Leise schließt sie die Zimmertür und geht zur Treppe. Die frühmorgendliche Stille im Gasthof hat einen ganz eigenen beruhigenden Reiz. Sie atmet erleichtert durch, spürt ein kurzes Bedauern, dass sie gleich in ihrem Golf sitzen wird.

An der Rezeption fragt sie nach dem Lunchpaket, das sie gestern Nachmittag beim Bezahlen vorbestellt hat. Die Angestellte ruft in die Küche, und die Servicekraft des Frühstücksbüfetts kommt mit einer braunen Packpapiertüte und einem Thermobecher mit Kaffee.

»Der Becher ist ein Geschenk des Hauses. Kommen Sie bald mal wieder!«

Corinna bedankt sich und geht mit schnellen Schritten durch die weit geöffnete Eingangstür auf ihr Auto zu. Sie verstaut ihr Gepäck, wischt ein paar Blätter von der Windschutzscheibe und steigt ein. Ein schneller Blick zurück: keine Alex weit und breit. Sie dreht den Zündschlüssel um, setzt zurück und biegt vom Parkplatz auf die Straße ab.

Als wäre ich auf der Flucht!

Hinter der Kirche biegt sie auf die Vorfahrtsstraße und der Gasthof liegt hinter ihr. Das Regenwetter hat sich verzogen.

Sie seufzt erleichtert, aber es nagt an ihr, dass sie sich recht feige davonmacht. Ohne Abschied, ohne Erklärung. Aber andererseits: Sie ist dieser Frau gegenüber doch keine Rechenschaft schuldig, nur weil sie einen Tag mit ihr verbracht hat. Attraktiv war sie ja. Großzügig auch, wenn auch mit kaum verborgenen Absichten.

Es hat nicht viel gefehlt. Na ja, vielleicht auch nicht.

Jetzt fühlt sie sich doch mies. Sie hat sich nicht getraut, ihr klipp und klar zu sagen, dass sie alleine nach

Scanno fahren will. Sie wusste schon, bevor sie sich in ihr Zimmer verdrückte, dass sie keinen weiteren Tag mit Alex verbringen würde. Dass sie von ihrem ursprünglichen Plan nicht abrücken würde.

Heimlich, still und leise.

So kam nicht die Liebe, sondern so hat sie sich aus dem Staub gemacht.

Ist doch aus einer Operette, oder?

Und ein Filmtitel. Von Lina Wertmüller. Den hat sie mit Marlene vor Jahren in einem kleinen Programmkino gesehen. Eine Witwe will nach Bologna ziehen und um eine Wohnung zu bekommen, verheimlicht sie der skeptischen Hausbesitzerin, dass sie neun Kinder hat. Heimlich werden die Kinder nach und nach in die Wohnung geschleust. Natürlich fliegt die ganze Sache auf.

Sie fährt auf der Landstraße Richtung Garmisch. Dampfende Pfützen stehen auf dem Asphalt. Durch die über dem Boden wabernden Nebelschwaden wirken die Weiden und Obstbäume gespenstisch.

Sie mag es, früh am Morgen auf leeren Straßen unterwegs zu sein.

Als sie das Ortsausgangsschild von Murnau passiert, geistert ihr der Regisseur F. W. Murnau durch den Kopf.

Murnau. Hat sich den Namen dieser kleinen Stadt als Künstlernamen gewählt, hieß eigentlich ganz anders. Hatte, wenn ich mich recht erinnere, einen ziemlich blöden Namen.

Sie grübelt über eine mögliche Rätselfrage nach. Sie

sieht den Schatten Nosferatus an der Wand, die fiesen Klauen des Vampirs, auf der Suche nach einem Opfer. Schon taucht Alex wieder in ihren hin und her springenden Gedanken auf.

Vielleicht schicke ich ihr eine E-Mail. Schreibe, dass ich auf einer Mission bin, die ich alleine vollbringen muss.

Wenn sie ehrlich ist, ist sie ziemlich erleichtert, dass sie diese Frau los ist. Hinter Alex' forscher Fassade schaute doch sehr viel Bedürftigkeit hervor. Und eine Frau, die immer bestimmen muss, brauchte sie kein zweites Mal.

Schwules Filmgenie mit Hang zu allzu jungen exotischen Männern. Stadt der Blauen Reiter. Eigentlich habe ich schon lange keine Lust mehr auf diesen Rätseljob. Wird auch auf Dauer nicht einfacher, originell zu bleiben.

Sie schaut immer wieder in den Rückspiegel. Befürchtet den Anblick eines roten Cabrios.

Das wird eine böse Erkenntnis für sie werden, wenn sie feststellt, dass ich weg bin. An ihre Wut will ich gar nicht denken. Auch nicht, dass sie sich verletzt und einsam fühlen könnte.

Also Murnau. Muss ich beim nächsten Halt gleich notieren …

Sie atmet heftig aus.

Muss ich nicht! Ich werde kündigen. Seit zehn Jahren martere ich mir das Hirn damit. Anfangs hat es Spaß gemacht, war auch gut bezahlt. Mittlerweile nervt die unterschwellig mitlaufende Grübelei nur noch. Als hätte ich ein eingeschaltetes Aufnahmegerät im Kopf. Ständig leuchtet der rote Stand-by-Schalter. Papa hat die vertrackten Um-die-Ecke-gedacht-Rätsel geliebt, aber er kann keine mehr lösen.

Auch nach Michas Tod hat sie Gewohnheiten von ihm übernommen. Seine Lieblingsserien geguckt. »Friends« hielt sie drei Staffeln lang durch, obwohl ihr die pubertären, sexuellen Anspielungen auf den Wecker gingen. Sie hat Tennisstunden genommen. Nach ein paar Monaten musste sie sich eingestehen, dass sie völlig talentlos war und nicht den geringsten Spaß an diesem Sport hatte. Und zunehmend schmerzende Sehnen.

Sie lächelt in sich hinein, erinnert sich, dass sie während längerer Autofahrten schon oft zu wichtigen Entscheidungen gefunden hat. Anscheinend führt die Konzentration auf den Autoverkehr zu einem meditativen Gemütszustand.

Ich könnte ein paar Stunden in der Woche in einem Rahmenladen jobben. Oder für ein Museum. Lieber handwerklich arbeiten, statt ständig mein armes Hirn zu martern.

Das Licht hat schon etwas Herbstliches. Sie mag den Herbst, das langsame Verfärben der Blätter. Die Kühle am Morgen. Aber da ist auch eine winzige Traurigkeit in ihr. Anfang August wird sie melancholisch, wenn sie feststellt, dass die Mauersegler verschwunden sind, das schrille Geschrei in der Dämmerung vor dem Balkon nicht mehr zu hören ist. Kaum angekommen, schon sind sie wieder auf dem Weg in den Süden.

Sie hat Lust auf Musik, schaltet das Autoradio an. Außerdem will sie den Verkehrsfunk hören.

Queen. »Bohemian Rhapsody«. Diesen aufgeblasenen, bombastischen Titel konnte sie noch nie leiden. Dieses nervige Galileo.

Galileo! Figaro, magnifico. Was für ein schwachsinniger Text!

Sie stellt das Radio wieder ab. Früher mochte sie »We are the champions«, aber das wurde zu Tode genudelt. Bei jeder Abschlussfeier, beim Fußball. Grauenhaft.

Es dauert ewig, bis sie aus Garmisch heraus ist. Gerade war die Landstraße noch völlig frei, jetzt gerät sie in den morgendlichen Berufsverkehr. Wenn sie an die vor ihr liegende Strecke denkt, wird ihr mulmig zumute.

Papa hat immer damit angegeben, wie gut er die Serpentinen zum Zirler Berg fahren kann. Micha und mir wurde es hinten schlecht. Wieso bin ich nicht über München gefahren? Einfach nur die Autobahn. Zack über den Brenner, willkommen in Bella Italia.

Wenige Kilometer vor Mittenwald macht sie eine Pause und verschlingt eine der mit Paprikawurst belegten Semmeln.

Schmeckt wie die Semmeln in den Jausenpaketen, die uns von der Pensionswirtin am Attersee hergerichtet wurden.

Halbherzig macht sie ein paar Dehnübungen und steigt wieder ins Auto.

Sie ist mehr als erleichtert, als der Zirler Berg hinter ihr und Innsbruck im Tal vor ihr liegt. Beim Nehmen der Serpentinen war sie ziemlich ins Schwitzen gekommen. Und heilfroh, dass ihr in der einzigen Spitzkehre kein Bus entgegenkam.

160

Anfahren am Berg – bei 16 Grad Steigung – ob ich das geschafft hätte?

Kurz vor dem Brenner staut sich der Verkehr. Auf der rechten Spur fahren Lkw im Schritttempo. Der Verkehrsfunk meldet einen schweren Unfall und eine Stunde Wartezeit. Ein Lkw ist gegen die Leitplanke geprallt, umgekippt und quer liegen geblieben.

Sie muss tanken, der Benzinanzeige ist nicht zu trauen. Laut Anzeige ist der Tank noch viertelvoll, aber das kann nicht stimmen. Sie ärgert sich, dass sie nicht getankt hat, als sie das Pickerl gekauft hat, aber sie hatte keine Lust gehabt, eine halbe Stunde zu vergeuden, bis sie endlich zu einer Zapfsäule hätte vorrücken können.

Die nächste Tankstelle ist fünf Kilometer entfernt.

Als sie auf die Uhr schaut, ist sie überrascht, dass es immer noch früh am Tag ist.

Beinahe verpasst sie die Abfahrt. Die Lkw versperren ihr die Sicht, aber sie erwischt die Lücke gerade noch. Sie stöhnt, als sie sieht, dass die Schlangen zu den Zapfsäulen diesmal noch länger sind.

Sie füllt den Tank, bis sie das Benzin im Einfüllstutzen sieht, in Italien ist das Benzin wesentlich teurer, kauft beim Zahlen Manner-Schnitten, Mozartkugeln. Eine ganze Tüte mit Süßkram, die sie unter dem Beifahrersitz verstaut, damit die Sonne nicht darauf scheint.

Sie überlegt mal wieder, welcher Wochentag heute ist.

Samstag bin ich in Köln los, mit dem Zug nach Leipzig, in der Nacht auf Sonntag zurück nach Köln. Sonntagnachmittag wieder mit dem Auto los Richtung Italien. In Mainz auf dem Friedhof gelandet, im Auto geschlafen. Montag von Mainz bis zum Staffelsee gefahren. Dienstag war Museumstag mit Alex. Also ist heute Mittwoch.

Sie denkt an Susanne. Sieht sie lässig im Sessel sitzen. Wie sie Janni vorliest. Susanne, die sie erst seit knapp fünf Tagen kennt. Susanne, die ihr erzählt hat, wie sie bei den Montagsdemos mitgegangen ist, aber das »Wir sind das Volk« nicht über die Lippen brachte. Sie wollte die DDR los sein, dieses verlogene Spitzelsystem kleinbürgerlicher Spießer. Den Begriff »Volk« mochte sie nicht.

Corinna kann sich an jedes Wort erinnern, an jede Berührung. Sie spürt ein schmerzlich schönes Ziehen in der Brust.

Susanne umgibt eine ganz zarte Melancholie. Mich angeblich auch. Das hat mir Julia immer vorgeworfen, als ließe sich das abstellen. Susanne hat, genau wie ich, geliebte Menschen verloren. Michas Tod hat uns zusammengebracht. Aber was ist es darüber hinaus?

Warum sollte sie nicht ähnlich auf Menschen reagieren wie ihr Bruder, die gleiche Frau anziehend finden? Und umgekehrt: Susanne in ihr etwas wiederfinden, was sie an Micha liebte?

Unvermittelt denkt sie, dass sie seit Jahren keinen einzigen Moment rundum glücklich war. Aber in den Stunden am Samstag, mit Susanne und Janni, und den

Stunden danach – alleine mit Susanne –, da war sie froh wie selten gewesen.

Was erwarte ich denn vom Leben? Allein diese Frage ist doch schon blödsinnig!

Erwarten bedeutet, dass man auf dem Sofa hockt und hofft, dass was Schönes passiert. Sie ist sich sicher, dass man dem Glück auf die Sprünge helfen muss.

Egal, was wird. Das Leben hat mir einen süßen Neffen geschenkt. Weiter geht's! Italien ruft.

Sie lässt den Motor an, fährt wieder auf die Autobahn. Selbst auf der linken Spur geht es kaum noch voran. Eingeklemmt zwischen zwei Lkw hängt sie auf der rechten Spur fest, starrt auf das Logo der Speditionsfirma des Transporters vor ihr.

In dem Tempo komme ich heute nicht weiter als Südtirol.

8. »Ich habe gerade meine Tage bekommen«

»Ich habe gerade meine Tage bekommen, bin hundemüde und stehe vor deiner Haustür.«

Corinna sitzt im Auto vor Susannes Haus. Die Fahrt nach Leipzig hat länger gedauert, als sie dachte. Sie wollte schon vor zwei Stunden da sein.

Es hat eine gefühlte Ewigkeit gedauert, bis Susanne ans Telefon gegangen ist. Ihre Stimme hört sich kratzig an.

»Danke für die Überraschung. Komm hoch und erzähle mir bitte heute gar nichts mehr.«

Als sie Susannes nicht gerade freundlichen Tonfall registriert, verpuffen ihre romantischen Gedankenspiele schlagartig.

Jetzt stehe ich zum zweiten Mal unangemeldet vor ihrer Tür. Wie konnte ich so blöd sein und denken, dass sie nur darauf wartet, mich endlich wieder ins Bett zu kriegen. Mist. Vermutlich hat sie schon geschlafen.

Susanne steht in einem dunkelblauen T-Shirt in der Tür und winkt sie mit einer Armbewegung – wie Verkehrspolizisten an belebten Kreuzungen beim Ausfall der Ampeln – in die Wohnung. Sie hat Schatten unter den Augen, ihre Haare sind zerzaust. Sie sieht nicht besonders erfreut aus.

Corinna streckt ihr die Tüte mit den österreichischen Süßigkeiten entgegen.

»Da bin ich wieder. Ein Mitbringsel aus dem Nachbarland.«

Susanne schaut in die Tüte. Sie lächelt ein wenig und schüttelt den Kopf.

»Ja, das sehe ich. Gibt es diesen Süßkram nicht in jedem Supermarkt?«

»So frisch nicht.«

Susanne stellt die Tüte auf den Boden und schließt Corinna in die Arme.

»Habe ich dich geweckt?«

Corinna gibt sich zerknirscht.

»Allerdings. Scheint eine Spezialität von dir zu sein, überraschend vor der Tür zu stehen.«

»Danke, dass du mich hereingelassen hast. Du Arme, tut mir leid!«

»Tampon, Dusche, Bett! Einverstanden? Du hast ganze fünf Minuten, dann mache ich das Licht aus. Ich hatte heute einen harten Tag. Janni ist vom Klettergerüst gefallen – hat sich den Arm gebrochen. Seine Kita hat mich mitten aus dem Seminar geholt. Er hat geschrien wie am Spieß. Wir haben drei Stunden in der Notfallambulanz gesessen, bis er dran war. Dann dauerte es noch mal gefühlte Stunden. Röntgen, Gips.«

Corinna drückt Susanne einen zarten Kuss auf den Mund.

»Und jetzt warst du gerade eingeschlafen. Und der arme Janni? Wie geht es ihm?«

»Ist ja nicht tragisch bei kleinen Kindern. Ist ein einfacher Bruch. Jetzt schläft er endlich.«

Susanne fährt sich erschöpft durchs Haar. Sie wedelt kurz mit der Hand in der Luft und zeigt auf ihre Schlafzimmertür.

»Ich muss mich wieder hinlegen, sonst kippe ich um. Du kannst bei mir schlafen, die Betonung liegt auf schlafen. Das meine ich ernst, falls du andere Pläne gehabt haben solltest.«

Ja, hatte ich.

Susanne verschwindet in ihr Zimmer, lässt die Tür offenstehen.

Corinna versucht, ihrer Enttäuschung keinen Raum zu geben. Sie kann froh sein, dass Susanne überhaupt ans Telefon gegangen ist und sie reingelassen hat. Wenn sie ehrlich ist, will sie auch nur noch schlafen. Ihr Körper vibriert nach der stundenlangen Autofahrt.

Sie nimmt die Fünf-Minuten-Ansage sportlich, schleicht auf Zehenspitzen ins Bad und schlüpft keine Minute später unter Susannes überbreite Decke. Sie schmiegt sich sanft an ihren Rücken, legt eine Hand um ihren Bauch. Susanne atmet regelmäßig, scheint tatsächlich schon zu schlafen.

Wie verrückt das alles ist. Ich kenne sie kaum und liege hier mit ihr – ganz vertraut, als wären wir seit Langem ein Paar.

»Das Pickerl klebte schon an der Windschutzscheibe, ich hatte vollgetankt, da kam es am Brenner zum Stau. Ich saß da in meinem kleinen Golf zwischen martialischen Lkw und habe mich von Kilometer zu Kilometer mieser gefühlt. Konnte hinter dem Lkw gar nicht mehr sehen, was vor mir vor sich ging. Auf der linken Spur ging es auch nicht voran. Auf einmal wusste ich nicht mehr, was ich alleine in Scanno wollte. Ich habe die nächste Ausfahrt genommen und bin in die andere Richtung zurückgefahren.«

Susanne beißt in ihr Marmeladenbrötchen, lächelt und schaut auf die Küchenuhr. Sie streicht Corinna eine Strähne aus dem Gesicht.

»Und was willst du hier?«

Sie betont das »hier«. Ihr Tonfall ist spielerisch.

»Rausfinden, was mit uns ist. Meinen Neffen sehen. Fragen, ob ihr beide mit mir zusammen nach Italien fahrt. Fragen, ob ihr beide am Wochenende mit mir nach Köln kommt und ob wir zusammen meine Mutter – Jannis Oma – in Koblenz besuchen!«

Susanne nimmt verlegen einen Schluck Kaffee und starrt auf ihren Frühstücksteller.

Corinna spürt scharf ihre Angst vor dem großen Nein.

»Ich habe das Gefühl, dass ich wochenlang unterwegs war.«

»Ich habe das Gefühl, dass du monatelang weg warst.«

Susanne zieht Corinnas Gesicht sanft zu sich hin. Sie küssen sich.

»Mmh, leckere Marmelade!«, flüstert Corinna kurz darauf erleichtert in Susannes Ohr.

Die schaut wieder auf die Uhr.

167

»Ich muss gleich los. Ich habe zwei Vorlesungen hintereinander, dann noch Sprechstunde. Wir könnten heute Nachmittag Janni von der Kita abholen. Ich habe ihm noch nicht verraten, dass du da bist. Er hat nichts mitgekriegt. Er wird quietschen vor Freude. Ständig hat er dich erwähnt. Tante Inna, Tante Inna. Sein Wortschatz hat sich enorm erweitert.«

Susanne räumt ihr Geschirr in die Spülmaschine.

»Wollte er denn überhaupt in die Kita gehen – mit seinem gebrochenen Arm?«

»Und wie er wollte. Den Gips zeigen. Es scheint auch nicht mehr so dolle weh zu tun.«

Susanne packt zwei Äpfel in ihre Arbeitstasche, küsst Corinna auf den Scheitel.

»Vorne am Schlüsselbrett ist ein Ersatzschlüssel. Deine Fragen arbeiten wir nach und nach ab. Wir kennen uns kaum. Was mit uns beiden ist, das wird sich zeigen. Binse, aber wahr. Und die Zeit werden wir uns nehmen, oder?«

Corinna schießen Tränen in die Augen. Sie kann nur nicken.

Schon halb im Gehen – sie steht im Türrahmen zur Küche – sagt Susanne:

»Falls du – wie Micha – eine kleptomanische Neigung haben solltest, sei vorsichtig. In unserem Supermarkt um die Ecke sind die Kameras nicht nur zur Warnung montiert. Da sitzt auch jemand in einem Hinterraum und überwacht alles am Monitor!«

Corinna wird heiß und kalt. Ihr Gesicht glüht. Sie

fühlt sich in die Enge getrieben, als wäre sie erwischt worden.

Gerade noch voll zärtlicher Zuneigung hat sie plötzlich eine Riesenwut. Sie könnte alles kurz und klein schlagen. Vor einer Minute wollte sie Susanne umarmen, küssen, am liebsten mit ihr zurück ins Bett gehen. Das Schlimmste ist, dass sie voll ins Schwarze getroffen hat. Und das nächste Geheimnis – Micha betreffend – offenbart hat.

Er hat als Erwachsener noch geklaut? Ohne dass ich die geringste Ahnung hatte. Verdammt noch mal, Micha. Und ich habe dir immer alles von mir erzählt. Ich blöde Kuh.

»Hat Micha dir erzählt …?«, blafft Corinna.

Susanne wirkt ernsthaft bestürzt, macht einen Schritt auf Corinna zu.

»Nein, nein! Was habe ich denn jetzt angerichtet? Das wollte ich nicht! Micha hat gar nichts erzählt. Tut mir leid, meine Bemerkung war überhaupt nicht ernst gemeint, sollte ein Scherz sein. Ich dachte, du weißt, dass Micha ab und an geklaut hat. Das war zu flapsig von mir. Sagst du mir, weshalb du so geladen bist?«

Susanne klingt aufrichtig betrübt. Sie schaut schon wieder auf die Uhr, setzt sich aber nach kurzem Zögern an den Küchentisch.

Mit zerknirschter Miene lächelt sie Corinna an.

»Ich nehme gleich das Auto, dann bin ich hoffentlich schneller an der Fakultät. Komm, setz dich. Ich traue mich gerade gar nicht, dich in den Arm zu nehmen, so grimmig, wie du mich anguckst. Hast du gar nicht gewusst, dass Micha geklaut hat?«

Corinna schüttelt den Kopf.

»Früher als Kind hat er ab und an was mitgehen lassen, aber ich hatte keine Ahnung …«

»Micha hat Zeitschriften eingesteckt. Motorradmagazine und Kochzeitschriften. ›Feinschmecker‹, ›Essen und Trinken‹. Aus der ›ZEIT‹ hat er das Magazin geklaut. Deswegen bin ich überhaupt drauf gekommen. Er las das ›ZEITmagazin‹, aber es gab keine Zeitung dazu. Also habe ich ihn gefragt. Erst wollte er mir weismachen, dass er das Heft auf einer Bank gefunden hätte, aber dann gab er zu, dass er öfter das Magazin im Laden aus der Zeitung herausfischt. Bei der Gelegenheit gestand er mir, dass er auch die anderen Zeitschriften, die er manchmal anschleppte, nicht bezahlt hatte. Die bestünden sowieso fast nur aus Werbung, wären also bereits finanziert, war seine Rechtfertigung. Mir war das unangenehm, ich wollte nicht, dass er erwischt wird. Ich wollte die Sache aber auch nicht moralisch bewerten. Ich bin nicht wie ihr mit dem ganzen verlockenden Überfluss aufgewachsen. Natürlich habe ich mir so meine Gedanken gemacht. Dass es tiefere, persönlichere Gründe für Ladendiebstahl geben muss als eine antikapitalistische Haltung.«

Völlig unerwartet prustet sie los, hält sich die Hand vor den Mund.

»Entschuldige. Das ist jetzt irgendwie unpassend. Aber ich muss gerade daran denken, dass in der DDR ununterbrochen geklaut wurde. Nicht untereinander, aber die Bürger beklauten den Staat, wo es nur ging.

In sämtlichen Versorgungslagern wurden sich die Taschen vollgemacht, egal ob man das Zeug brauchte oder nicht. Es konnte ja getauscht werden. Sozialistisch umlagern nannte man das.«

Susanne hält kurz inne, wischt sich eine Lachträne aus dem Augenwinkel. Sie schüttelt den Kopf, als könne sie selbst nicht verstehen, warum sie so lachen muss.

Corinna fühlt sich in einem Gefühlskarussell aus Wut, Scham und Überdruss herumgeschleudert. Und jetzt hält ihr Susanne auch noch einen Vortrag über die DDR.

Scheiße. Warum bin ich überhaupt hergekommen? Hört die Frau noch mal auf zu reden? Will sie mir damit meine Verlegenheit nehmen?

»Ein Junge aus meiner Schulklasse, wir waren vielleicht vierzehn, klaute regelmäßig Lebensmittel in der Kaufhalle. Er bot ständig an, einkaufen zu gehen, seine Mutter freute sich. Er kaufte zwei oder drei Artikel von seiner Einkaufsliste, den Rest steckte er ohne zu bezahlen in seinen Beutel. Er rechnete aus, was der Einkauf normalerweise gekostet hätte, gab seiner Mutter das Restgeld und mit der erwirtschafteten Summe kaufte er sich Zigaretten und Süßigkeiten. Oft durfte er zur Belohnung das Wechselgeld behalten. Erwischt wurde er nie.«

Susanne scheint völlig in Gedanken, aber als sie Corinna anschaut, wird ihr sofort klar, dass gerade etwas total schiefläuft. Sie springt auf, läuft um den Tisch herum und legt von hinten die Arme um Corinnas Oberkörper.

»Entschuldige bitte. Jetzt halte ich dir auch noch Vorträge. Ich habe das Thema mit Micha nie vertieft. Aber ich habe bei dir einen Nerv getroffen, oder? Klaust du auch Kochzeitschriften? Bitte, sprich mit mir. Ich will nicht zur Arbeit fahren und dich mit dieser Wut alleine lassen!«

Corinna atmet tief durch.

Rede mit ihr! Sei nicht stur! Sie hat dir nur eine Frage gestellt.

»Setz dich kurz neben mich. Ich schäme mich so, das fühlt sich schrecklich an. Du hast mich voll erwischt. Und es macht mich wütend, dass Micha noch ein weiteres Geheimnis vor mir hatte. Ja, ich klaue auch, habe seit dem Tod unseres Vaters geklaut. Bin gerade dabei, es endgültig sein zu lassen. Allein schon wegen der Panikattacken, die ich mittlerweile kriege. Einzelheiten ein anderes Mal.«

Corinna fährt sich mit ihrer schweißnassen Hand durch die Haare, fühlt sich seltsam leicht.

»Danke für die Warnung, aber ich habe nicht vor, noch einmal zu klauen. Schon gar nicht in einer fremden Stadt.«

Großartiger Start in eine Liebesbeziehung! Wenn es denn überhaupt ein Start ist.

Susanne schaut wieder auf die Uhr. Sie sieht erschöpft aus.

»Puh! Unser erster Konflikt. Lass uns später weiter reden. Ich muss jetzt wirklich los. Ich bin gegen vier wieder da.«

Die beiden Frauen umarmen sich kurz. Corinna spürt auch bei Susanne Befangenheit.

Kein Wunder. Für die kurze Zeit, die wir uns kennen, gibt es zu viele Enthüllungen, meine charakterlichen Schwächen betreffend.

Sie legt ihren Kopf auf den Tisch. Kurz darauf hört sie das Zuklappen der Wohnungstür. Zurück bleibt eine unangenehme Stille, nur die Küchenuhr tickt. Corinna richtet sich auf und schaut sich um. Ein schmaler Streifen Sonne fällt auf das kleine Sofa in der Küche. Sie nimmt ihre Tasse und setzt sich genau hinein. Sie schaut hinaus auf den Balkon. Kräuter, Löwenmäulchen, Zinnien, wie schön das aussieht. Allmählich kommt sie wieder zur Ruhe.

Susanne hat Micha nicht in die Wüste geschickt, weil er geklaut hat. Sie weiß jetzt über die Geschwister Hartmann bestens Bescheid. Ich muss damit klarkommen.

Sie schließt die Augen, stellt sich vor, mit Susanne und dem Jungen durch die Wohnung zu toben. Ihr Herz klopft heftig.

Ich möchte mit ihr glücklich werden. So genau wusste ich noch nie, was ich mir wünsche. Ich muss verrückt geworden sein! Vor zehn Minuten war ich voller Wut auf sie. Ich kenne sie so gut wie gar nicht. Sie wollte mit Micha leben – nicht mit mir!

Sie schüttelt den Kopf, versteht sich selbst nicht, da sie sich nie – außer damals bei Marlene – hundertprozentig für eine Frau hat entscheiden können. Sie spürt eine einfache und klare Liebe zu Susanne. Trotz der Umstände, die dagegen sprechen.

Ich habe keine Ahnung, was Susanne für sich und Janni möchte.

Sie fühlt sich komplett überdreht, versucht, das Gedankenkarussell anzuhalten. Nimmt sich vor, nichts zu forcieren.

Wir wollen es nicht vermasseln, sagt sie dem eifersüchtigen Mädchen in ihrem Kopf. *Susanne nicht bedrängen.*

Schemenhaft sieht sie eine Szene auf ihrem inneren Bildschirm. In einer Bar gießt sie sich eine Flasche Bier über die blau gesträhnten Haare, weil ihre damalige Geliebte mit einer anderen Frau flirtete.

Sofort schießt ihr das Blut ins Gesicht.

Wie konnte ich mich nur so kleinmachen?

Sie rutscht auf dem Sofa der Sonne hinterher.

Gleich wird sie verschwunden sein.

Ungebremst fantasiert sie weiter. Sie könnte ihr Atelier in der Eifel behalten, die Wohnung in Köln aufgeben. Ja, sie würde sich Leipzig zur Heimat machen. Ein günstiges Atelier auftun, Anschluss an die Kunstszene finden. Nach und nach zu Fuß die einzelnen Quartiere durchstreifen, Ausflüge ins Umland machen. Den vielen Kanälen und Flussläufen folgen. Vielleicht ein Paddelboot auftun und mit Susanne und Janni kleine Abenteuer erleben. Irgendwo zelten, Stockbrot grillen.

Sie muss an Marlene denken. Marlene würde über kurz oder lang nach Berlin ziehen. Wegen ihr brauchte sie sich keine Gedanken zu machen. Ihre Freundschaft würde fortbestehen, Entfernungen spielten keine Rolle. Marlene hatte für Aufbrüche etwas übrig. Sie käme mit Begeisterung zu Besuch nach Leipzig.

Ilse wäre weniger angetan.

Von Köln nach Koblenz waren es hundert Kilometer, da konnte sie schnell mal hinfahren und am gleichen Tag wieder zurück.

Sie weiß immer noch nicht, dass sie einen Enkel hat. Ich gehe jetzt Einkaufen und dann rufe ich sie an und erzähle ihr von Susanne und Janni. Sie wird aus allen Wolken fallen.

Corinna steht auf und räumt den Frühstückstisch ab. Sie stöbert ein wenig herum, entdeckt in der Besenkammer einen Einkaufskorb. Sie ist voller Energie.

Mein erster Einkauf in Leipzig!

Corinna öffnet die Wohnungstür und sieht sich der Nachbarin, Frau Klemmrot, gegenüber, die in einer schrecklich gemusterten Hausschürze unter ihrer Fußmatte fegt. Corinna nickt ihr zu, sagt höflich »Guten Morgen« und schon ist sie auf der Treppe. Sie waren der Nachbarin letzte Woche, als sie zu dritt vom Spielplatz zurückkamen, vor der Haustür begegnet.

Es war ihr nicht entgangen, dass Janni beim Anblick von Frau Klemmrot sofort seine Ärmchen hochriss – er auf Susannes Arm wollte.

Susanne nennt sie nur »die graue Hexe«. Immer versuche sie, ihm in die Locken zu fassen. Stellt zudringliche Fragen nach seinem Papa. Sie wohnt schon Jahrzehnte im Haus. Zu DDR-Zeiten war sie Hausvertrauensfrau, führte das Hausbuch.

»Am liebsten würde sie heute noch Anmeldeformulare durch den Briefschlitz werfen, um zu kontrollieren, wer wo im Haus zu Besuch ist. Ihr Mann war

175

auch nicht besser. Von der ›Horch und Guck!«‹, hatte Susanne ihr erzählt.

Ihr Mann, der ebenso graue Herr Klemmrot, sei vor ein paar Jahren gestorben. Die lange erwachsenen Kinder ließen sich nicht mehr blicken. Sind in den Westen gegangen. Sie ist alleine in der großen Wohnung zurückgeblieben, eine verbitterte alte Frau, die schon zu Nazizeiten nach oben gebuckelt und nach unten getreten habe und der schon Susanne als Kind aus dem Weg gegangen sei. Eine Frau, die ihr Leben lang auf Parieren, Pflichterfüllung und Vorschriften gesetzt hat. Mit der gewonnenen Freiheit nach dem Mauerfall konnte sie nichts anfangen. Auch die anderen Mieter wollten so wenig wie möglich mit ihr zu tun haben.

Corinna räumt die eingekauften Lebensmittel aus dem Einkaufskorb auf den Tisch. Tomaten, Mozzarella, Auberginen und eine Flasche Olivenöl. Sie hatte vergessen nachzuschauen, ob Susanne welches im Haus hat.

Alles brav bezahlt. Als zukünftige Leipzigerin will ich gar nicht erst in alte Muster zurückfallen. Und Vorsicht, Vorsicht, liebe Corinna! Nicht vorgreifen! Das sind alles nur Hirngespinste!

Sie lächelt vor sich hin. Sieht sich im Supermarkt zwei Ecken weiter ganz selbstverständlich durch die Gänge laufen.

Marianne, ihre nächtliche Hüterin, kommt ihr in den Sinn. Vielleicht könnte sie die robuste Ärztin in den nächsten Tagen hierher einladen. Über die Fotos von Cartier-Bresson plaudern.

Plötzlich hat sie das Bedürfnis, mit Marlene zu reden. Es kommt ihr vor, als wären Monate vergangen, seit ihre Freundin bei ihr in Köln zum Abendessen war. Es gibt so viel zu erzählen.

Aber zuerst rufe ich Ilse an.

Sie kramt ihr Telefon aus der Tasche und lässt sich wieder auf das Sofa fallen. Die Sonne ist weitergezogen, der Lichtstreifen liegt jetzt auf dem Parkett.

Während sie die Nummer ihrer Mutter aufruft, nimmt sie sich vor, sich durch nichts aus der Ruhe bringen zu lassen. Sie atmet tief durch. Wartet. Lässt es lange klingeln. Manchmal kommt Ilse nicht so schnell aus ihrem Sessel hoch.

Vielleicht ist sie im Keller und hört nichts. Vielleicht ist sie zum Einkaufen gefahren oder mit Elvis zum Tierarzt.

Ihre Mutter geht nicht ran, ist nicht zu Hause. Einen Anrufbeantworter hat sie nicht. Enttäuscht legt Corinna ihr Telefon weg.

Jetzt hat sie auch keine Lust mehr, Marlene anzurufen. Kurz stellt sie sich vor, dass ihre Mutter die Kellertreppe runtergefallen ist, schiebt den Gedanken schnell wieder beiseite.

Im Ausmalen von Katastrophen war ich schon immer prima.

Ein sanfter Kuss holt sie aus weit entfernten Sphären.

Susanne steht hinter dem Sofa und hat sich über sie gebeugt.

»Dein Mund gefällt mir auch falsch herum!«

»Mir deiner auch!«

»Hast du gekocht? Es riecht so gut.«

»Ja, Auberginenauflauf mit Tomaten und Mozzarella. Hoffentlich mögt ihr das. Muss später nur noch mal kurz in den Backofen.«

Corinna plaudert munter drauflos, versucht ihre Verlegenheit abzuschütteln.

»Ich glaube schon. Mit Auberginen habe ich so meine Probleme. Manchmal schmecken sie nach nichts und sind zäh.«

»Man muss sich Zeit für sie nehmen und genügend Öl. Lernt man in ›Essen und Trinken‹.«

»Stimmt. Micha wusste das auch. Sollen wir einen Kaffee trinken und dann Janni abholen?«

Sie lächeln sich zu. Corinna glaubt, eine gewisse Verschwörermiene bei Susanne zu erkennen.

»Geschafft. Er ist eingeschlafen.«

Susanne lässt sich neben Corinna auf das Sofa sinken.

»Er war aber auch aufgedreht.«

»Kein Wunder. Erst die ganze Aufmerksamkeit wegen seines Gipsverbands, dann ist plötzlich Tante Inna wieder da. Danke fürs Kochen übrigens. Hat toll geschmeckt.«

Susanne legt ihre Hand auf Corinnas, legt ihren Kopf auf dem Rückpolster ab und schließt die Augen.

Corinna macht es ihr nach, versucht an nichts zu denken, genießt den friedlichen Moment.

»Ich habe Durst. Soll ich uns eine Limonade machen? Oder willst du was anderes?«

Corinna schreckt auf. Beinahe wäre sie eingeschlafen.

Jetzt wird mir klar, warum Eltern direkt nach der Tagesschau völlig erledigt ins Bett fallen. Da bleibt nicht mehr viel Energie für ein aufregendes Liebesleben.

»Mit Holundersirup, Limettensaft und Mineralwasser. Meine Spezialität.«

»Ja, gerne. Ich muss doch deine Spezialitäten kennenlernen.«

Susanne verschwindet in die Küche. Corinna schließt erneut die Augen, hört, wie Gläser aus dem Schrank geholt werden, die Kühlschranktür geöffnet wird und wieder zufällt. Eiswürfel klackern.

Wie schön Alltag sein kann. Früher war ich ständig unterwegs, musste immer raus.

»Voilà. Alkoholfreier Cocktail à la Susanne.«

Susanne spricht ihren Namen französisch aus und reicht Corinna ein beschlagenes Weinglas, in dem es vor sich hin sprudelt.

»Danke sehr und Prost.«

Sie stoßen an, tauschen einen kurzen innigen Blick. Corinna nimmt einen großen Schluck.

Sollte da doch noch ein Fünkchen Energie übrig sein?

»Mmh. Sehr erfrischend. Ist da Ingwer dran?«

»Ja, etwas Ingwersaft.«

Diesmal halten sie den intensiven Blick. Sie stellen ihre Gläser ab, beginnen sich zu küssen. Corinnas Müdigkeit ist verflogen. Ihre Hände gleiten über Susannes Rücken, ergründen ihren weichen Nacken.

Beide greifen gleichzeitig nach der Limonade.

»Letzten Samstag haben wir auch hier auf dem Sofa gesessen«, flüstert Susanne spielerisch, küsst Corinna hinter das Ohr.

»Mmh, das fühlt sich angenehm kühl an. Nicht aufhören, bitte!«

Das Telefon klingelt.

»Ach, nein. Jetzt nicht!«

Susanne lässt es klingeln. Aber beide sitzen auf einmal wie ertappt auf dem Sofa. Nach einem kurzen Moment der Stille läutet es erneut. Susanne seufzt und steht auf.

»Vielleicht etwas Berufliches. So spät ist es ja noch nicht. Ich geh mal ran.«

Corinnas spürt, wie der aufkommende Ärger über die Störung ihr die Laune verdirbt.

Wieso muss sie da jetzt rangehen? Die ganze Stimmung ist dahin!

Sie setzt sich auf und leert ihr Glas in einem Zug. Hört Susannes warme Stimme im Flur.

»Ach, du bist es. Ich dachte schon, es wäre eine Kollegin von der Uni, die mit mir unser gemeinsames Seminar besprechen will. Schön, dich zu hören.«

Eine wilde, giftige Gefühlswallung verdrängt Corinnas gerade noch so zärtlichen Empfindungen.

Susanne verschwindet in ihr Zimmer, schließt die Tür hinter sich.

Corinna hört sie lachen. Ganz offensichtlich spricht sie mit einer vertrauten Person.

Reiß dich zusammen! Natürlich hat sie ein Leben. Du weißt doch gar nichts. Kein Grund, sich gleich zurückgesetzt zu fühlen.

Als Susanne nach einer Viertelstunde ins Wohnzimmer zurückkommt, versucht Corinna den Eindruck zu erwecken, völlig in die Tageszeitung vertieft zu sein.

»Tut mir leid. Das hat länger gedauert, als ich dachte. Das war ein Freund, Gerd. Ein ehemaliger Kollege. Wir sind lose für morgen verabredet gewesen.«

Gewesen? Freund?

Corinna lässt die Zeitung sinken.

»Ich weiß noch nicht viel über dich. Ist dieser Gerd ein enger Freund?«

Sie möchte locker klingen, aber ihr Tonfall verrät ihre Anspannung, ihr Misstrauen.

»Ich war im letzten Jahr kurz mit ihm zusammen. War schnell wieder vorbei. Ich weiß nicht mehr, was ich von ihm wollte. Vermutlich mich über Michas Tod hinwegtrösten. Wir treffen uns ab und zu. Gehen ins Kino, wenn ich einen Babysitter organisieren kann. Rita von oben passt manchmal auf Janni auf. Klappt sogar mit Babyfon, sie muss gar nicht hier unten rumsitzen.«

»Soll ich morgen babysitten?«

Mist. Das klang kein bisschen spielerisch.

Susanne zieht die Augenbrauen ein wenig hoch.

»Du bist doch nicht eifersüchtig? Da ich nicht weiß, wie lange du bleiben möchtest, habe ich die Verabredung auf nächste Woche verschoben. Dir ist schon klar, dass ich hier ein Leben habe, oder?«

»Sicher. Tut mir leid. Es war gerade so schön zwischen uns und dann kam diese Unterbrechung.«

Corinna räuspert sich, kann es selbst kaum glauben, dass sie plötzlich verletzt und sarkastisch reagiert.

»Magst du noch eine Limonade?«

»Nein, danke.«

»Wie sehen denn deine Pläne aus? Vielleicht reden wir jetzt einfach darüber?«

Susanne setzt sich in den Sessel gegenüber, schlägt die Beine übereinander. Corinna lächelt bemüht, versucht, ihre miesen Gefühle loszuwerden.

Also reden wir.

»Ich dachte, wir könnten am Wochenende zusammen zu meiner Mutter nach Koblenz fahren. Ich habe heute Nachmittag versucht, sie anzurufen, aber sie war nicht da. Ich wollte ihr von Janni und dir erzählen.«

Da sind schon wieder die hochgezogenen Augenbrauen.

»Am Telefon? Meinst du nicht, du solltest ihr persönlich sagen, dass sie ein Enkelkind hat? Erst mal alleine zu ihr fahren. Das könnte sie doch ziemlich mitnehmen, auch wenn es eine schöne Neuigkeit ist. Ich kenne deine Mutter ja nicht, aber Micha …«

Wütend springt Corinna auf, wirft das leere Glas um, stößt sich an der Tischkante.

»Micha, Micha! Nein, du kennst meine Mutter nicht. Er war ihr Liebling. Was konnte er dir schon erzählen?«

Sie schreit fast. Ihre Stimme überschlägt sich.

»Das ist mir alles zu viel. Wir kennen uns kaum, aber ich fühle mich, als würdest du in meinen Eingeweiden wühlen. Mein Klauen, meine Mutter. Und überall ist Micha.«

»Bitte, schrei nicht so. Ich möchte nicht, dass der Junge aufwacht und dich so sieht.«

»Ach, schei … !«

Es gelingt ihr gerade noch, die Reißleine zu ziehen, nicht weiter zu wüten. Sie möchte auch nicht, dass Janni aufwacht und sie dermaßen außer sich erlebt.

Sie reibt sich das schmerzende Schienbein. Es fiept schrill in ihrem rechten Ohr.

Susanne streckt ihr eine Hand entgegen, aber sie kann jetzt nicht. Sie läuft zur Wohnungstür und schon steht sie im Treppenhaus – trotzt gerade noch dem Impuls, die Tür hinter sich zuzuknallen.

Als sie vor dem Haus steht, gehen die Laternen an. Sie schaut nach oben, zu Susannes schwach beleuchteten Fenstern.

Sie kommt mir ganz sicher nicht hinterhergerannt, wie in einem blöden Film. Sie hat ein Kind, das sie nicht alleine lassen wird, und ist keine Dramaqueen, die auf solche Szenen steht.

Corinna biegt um die nächste Ecke, beschleunigt ihre Schritte, als wäre jemand hinter ihr her. Es ist eine heiße Wut, die sie vorwärts treibt. In ihr ist alles durcheinander. Sie will nur weg. Nach ein paar Minuten greift sie erschrocken in ihre Hosentaschen.

Verdammt noch mal! Ich habe nicht mal Geld bei mir. Mein Handy liegt in der Wohnung. Einen Hausschlüssel habe ich auch nicht. Wie blöd kann man sein! Am liebsten würde ich sofort meine Sachen packen. Mich ins Auto setzen und heimfahren.

Aber sie wird jetzt auf keinen Fall umdrehen und klingeln. Sie hastet an Passanten vorbei. Fröhlich lachende Menschen kommen aus Kneipen, rufen sich Abschiedsgrüße zu, steigen auf ihre Fahrräder und verschwinden in den Abend. Sie achtet kaum auf ihre Umgebung. Sie liest das Straßenschild an der Kurt-Eisner-Straße und hat den Namen sofort wieder vergessen. Sie biegt links ab, folgt der Straße mit weit ausholenden Schritten, bis sie rechterhand nach ungefähr zehn Minuten ein hübsches Gebäude und Grünflächen sieht. Schon ein wenig außer Atem, bemerkt sie, dass die schlimmste Wut hinter ihr liegt.

Könnte eine Rennbahn sein. Ich sollte mir den Weg einprägen. Was wird Susanne von mir denken? Zum zweiten Mal haue ich aus ihrer Wohnung ab. Es ist einfach zu viel passiert in den letzten Tagen.

Corinna folgt einem Wasserlauf. Ihre Gedanken kreisen jetzt um ihre übertriebene Reaktion auf Susannes Vorschlag, Ilse nicht am Telefon über ihr Enkelkind zu informieren.

Susanne hätte Micha und Ilse nicht in einem Atemzug erwähnen sollen, als wüsste sie über alles bestens Bescheid. Sie kennt nur Michaels Seite, hat keine Ahnung, wie kompliziert es zwischen mir und Ilse ist. Er hat ihr bestimmt nicht erzählt, dass er das Lieblingskind war, nie auch nur eine Ohrfeige kassiert hat. Susanne hat keine Ahnung!

Ihre Schritte sind langsamer geworden. Als sie direkt vor einem Ortsschild steht, es wegen der einsetzenden Dunkelheit kaum lesen kann, erschrickt sie. Es wird ihr klar, dass sie zurück muss.

Leutzsch. Klingt schon geschrieben nach Sachsen. Schöne Häuser hier. Richtige Villen. Gründerzeit vermutlich. Wie schön wäre es, in einer dieser Villen erwartet zu werden. Badewasser wäre eingelassen, das Bett frisch bezogen. Nach dem Bad nur noch ins Bett schlüpfen und zwölf Stunden wie ein Stein schlafen.

Sie ist nur noch müde, ihre Oberschenkel brennen an den Außenseiten. Sie meint sich zu erinnern, dass es gerade dämmerte, als sie bei Susanne losstapfte. Kommt ihr vor, als wäre es Stunden her.

Sie fragt sich, ob Susanne bereits im Bett liegt. Ob sie selbst die Nacht im Bett verbringen wird oder im Treppenhaus auf Susannes Fußmatte.

Als sie an einer Parkbank anlangt, lässt sie sich erschöpft fallen.

Und jetzt? Ich bin bestimmt schon länger als eine Stunde unterwegs. Vielleicht kann ich mit einer Straßenbahn in die Südvorstadt zurückfahren. Wenn ich beim Schwarzfahren erwischt werde, habe ich Pech gehabt.

Ein älteres Paar, Arme untergehakt, kommt den Weg entlang.

Bestimmt drehen sie noch eine kleine Runde, bevor sie ins Bett gehen.

Corinna steht hastig auf, geht ihnen mit schnellen Schritten entgegen. Als sie sieht, dass die beiden versuchen, ihr auszuweichen, bleibt sie abrupt stehen, fragt mit lauter Stimme, aber betont freundlich, wie sie am besten in die Stadt zurückkommt.

Beide wirken erleichtert, kommen näher, reden fast synchron auf sie ein und deuten in die gleiche Richtung. Dorthin, wo die S-Bahn abfährt.

Vermutlich wirke ich wie eine Irre.

»Ich bin einfach losgelaufen, und jetzt weiß ich nicht mehr, wo ich bin«, lässt sie das Paar wissen.

»Haben Sie denn Geld einstecken?«

Sie schüttelt den Kopf. Sofort holt der Mann – er erinnert sie an Wolfgang Thierse – sein Portemonnaie aus der hinteren Hosentasche und zieht einen Fünf-Euro-Schein hervor.

»Das sollte reichen. Kaufen Sie sich noch was zum Trinken. Sie sehen etwas erschöpft aus.«

»Das ist lieb von Ihnen. Haben Sie eine Visitenkarte oder was zum Schreiben? Ich schicke Ihnen das Geld!«

Beide machen eine abwehrende Geste. »Nee, nee, lassen Sie mal. Das ist nicht nötig. Kommense gut in die Südvorstadt, und vertragen Sie sich schnell wieder.«

Corinna muss lachen.

»Sehen Sie mir das an der Nasenspitze an, dass ich Streit hatte?«

»Ja, wir Leipzscher können das. Alles Gute!«, meint die Frau zum Abschied. Das Paar setzt seinen Abendspaziergang fort.

Corinna schaut ihnen kurz hinterher, hat das Gefühl, dass sie über sie reden. Mit den fünf Euro in der Hand schlägt sie den Weg zur S-Bahn ein.

Während der Fahrt Richtung Südvorstadt zittern ihr die Beine. Sie ist ein einziges Nervenbündel, hat Angst davor, dass sie die Nacht vor Susannes Haus verbringen wird, dass sie gleich auf eine abweisende, unbeleuchtete Wohnung hochschauen wird.

Als sie in der Kantstraße im ersten Stock Licht sieht könnte sie heulen vor Erleichterung.

Da steht sie, diese fremde wunderbare Frau – die Stirn ans Fenster gelehnt – gibt ihr gestikulierend zu verstehen, dass sie die Eingangstür öffnen wird.

Ich will das wieder hinkriegen. Die richtigen Worte finden. Sie soll nicht denken, dass ich total bescheuert bin, ständig davonlaufe.

Corinna schleicht geradezu die Treppe hoch, zögert den Moment des Aufeinandertreffens hinaus.

Jetzt habe ich schon fast vier Jahrzehnte hinter mich gebracht und trotzdem benehme ich mich, als wäre ich gerade zwanzig geworden.

Susanne sieht müde aus, hat schon ihr Schlaf-T-Shirt an.

»Es tut mir so leid!«

Mehr bringt sie nicht heraus. Susanne zieht sie an sich, schließt sie fest in die Arme. Dann lässt sie los und geht ins Wohnzimmer voraus. Die Stehlampe in der Ecke ist eingeschaltet, auf dem Sofa liegt eine ausgebreitete Wolldecke. Susanne steuert auf das Sofa zu, hängt sich die Decke um die Schultern. Corinna setzt sich in den Sessel gegenüber – das ist nicht der Moment, um zu kuscheln.

Sie hat hier auf mich gewartet.

»So viel Drama kann ich nicht gebrauchen, Corinna. Ich habe eine anspruchsvolle Arbeit, ein Kind. Es wäre wunderschön, wenn aus uns etwas werden würde. Ich sehne mich, über zwei Jahre nach Michaels Tod, nach ein wenig persönlichem Glück, einer Liebe.

Du nimmst jetzt schon einen ziemlichen Platz in meinen Gedanken, meinen Gefühlen ein. Aber ich brauche meinen Schlaf.«

Hilfe. Sie ist so klar, so rational. Das kenne ich nicht aus meinen bisherigen Beziehungen.

Susanne räuspert sich.

»Ich hoffe, das war jetzt nicht gar so nüchtern formuliert.«

Doch.

Corinna richtet sich auf, schluckt, ringt um die richtigen Worte.

»Ich komme mir vor wie eine Idiotin. Renne ohne alles durch die Gegend. Ich konnte dich nicht einmal anrufen, weil ich mein Handy nicht dabei hatte.«

Sie seufzt, sucht Susannes Blick.

»Ich habe überlegt, dir den Hausschlüssel unter die Fußmatte zu legen, falls du nicht innerhalb der nächsten Viertelstunde auftauchst. Vielleicht wärst du irgendwie ins Haus gelangt. Ich habe mir die ganze Zeit ausgemalt, wie du in der Stadt herumirrst, ohne Geld, ohne Papiere, auf einer Parkbank schläfst.«

Susannes Stimme hat jetzt jede Schärfe verloren.

»Das hatte ich mir auch schon überlegt. Aber ich wäre zum Bahnhof gegangen – da kenne ich die Bänke wenigstens schon.«

Ein kurzes Lächeln auf Susannes Gesicht.

»Ich hätte auf keinen Fall geklingelt, wenn ich kein Licht mehr gesehen hätte. Ich kann dich nur um Verzeihung bitten. So kopflos bin ich nicht ständig. Es ist so viel passiert in den letzten Tagen, ich komme nicht hinterher. Deine Existenz, Jannis. Dann verliebe ich mich auch noch in dich. Weiß nicht, was ich davon halten soll. Weiß nicht, ob wir ineinander nur Micha suchen.«

Sie schließt kurz die Augen, seufzt erneut.

»Micha und meine Mutter, das ist immer noch ein schwieriges Kapitel für mich. Da sehe ich schnell rot.«

»Ich wollte dich nicht verletzen und auch nicht so tun, als wüsste ich alles, was eure Familie angeht.«

»Ich bin hochgegangen wie eine Rakete. Totale Überreaktion. Darf ich mich zu dir setzen?«

Susanne nickt, hebt die Wolldecke an einer Seite an, damit Corinna mit darunter schlüpfen kann.

Sie spürt Susannes warmen Körper, würde am liebsten gar nicht mehr reden.

»Erzählst du mir, wieso du auf deine Mutter wie ein Stier auf ein rotes Tuch reagierst?«

Susanne lehnt ganz zart ihren Kopf gegen Corinnas.

»Ja, aber nur in einer Kurzversion. Du brauchst schließlich deinen Schlaf.«

Susanne knufft Corinna spielerisch in die Seite.

»Ich bin so froh, dass du wieder da bist.«

»Und ich erst. Kennst du Leutzsch?«

Corinna umgeht vorläufig das Mutter-Tochter-Kampfgebiet, erzählt von ihrem Marsch durch die Stadt, von dem hilfsbereiten Paar. Schließlich rückt sie ein wenig von Susanne ab, damit sie ihr Gesicht besser sehen kann.

Dieses Gesicht könnte ich stundenlang betrachten. Es ist so natürlich, ohne jede Maske. Susanne scheint ständig über etwas nachzudenken, ist aber hellwach, sofort bereit, in ein Lachen auszubrechen, sich auf etwas völlig anderes einzulassen.

»Meine Mutter, ich sage Ilse zu ihr, hat mich mein ganzes Leben lang mit ihren unerklärlichen Wutanfällen verletzt. Gerade war noch alles schön, dann kippte ihre Stimmung, und sie schnauzte mich wegen nichts an. Sie kritisierte meine Frisur, meine Klamotten, rastete aus, weil der Tisch angeblich nicht richtig gedeckt war. Wenn ich, mit guter Laune, pünktlich wie vereinbart von einer Party zurückkam, unterstellte sie mir, dass ich mich wie ein Flittchen benommen hätte, man müsste doch nur meinen kurzen Rock angucken. Manchmal bekam ich aus heiterem Himmel eine Ohrfeige verpasst, weil ich sie unbekümmert, vielleicht etwas übermütig, auf den Arm nehmen wollte. Wenn sie sich abreagiert hatte, war sie wieder entspannt und liebevoll. Das war genauso unerträglich.«

Corinna schüttelt die Wolldecke ab, ihr ist heiß, sie kann die Wärme keinen Augenblick länger ertragen.

»Da war ... ist ... Neid und Eifersucht im Spiel. Sie kann nicht ertragen, dass ich ein vermeintlich leichteres Leben habe. In einer anderen Zeit aufwachsen konnte. Micha musste nie ihre ungerechte Wut ertragen, er war der geliebte Prinz, dem sie alles durchgehen ließ. Er tröstete mich zwar, wenn sie mich mit ihren irrationalen Vorwürfen beschimpfte, aber er merkte gar nicht, wie sehr sie ihn bevorzugte. Wenn er mal einen Sonntagskuchen backte, kriegte sie sich vor Bewunderung und Lob gar nicht mehr ein. Ich durfte mir anhören, dass ich die Prise Salz vergessen hätte, auch wenn an meinem Kuchen absolut nichts auszusetzen war.«

»Verhält sie sich immer noch so?«

»Ja, manchmal. Ich besuche sie, stehe noch in der Tür und schon knallt sie mir eine Bemerkung um die Ohren. Wie siehst du denn aus? Was hast du denn an? Da könnte ich direkt kehrtmachen und nach Hause fahren.«

»Das hört sich schrecklich an. Als würde sie nicht ertragen können, dich fröhlich zu sehen, als würde sie ihren ganzen Lebensfrust an dir auslassen. Das ist diese Kriegsgeneration, oder?«

Corinna nickt.

»Heute kann ich etwas besser damit umgehen, rationale Gründe finden, aber als Kind? Mit ihr darüber reden kann man auch nicht. Ich habe es versucht. Sie streitet sogar ab, dass sie mich als Jugendliche öfter geohrfeigt hat.«

Susanne fährt sich durch das Gesicht, reibt sich die Augen, greift nach Corinnas linker Hand.

»Gibt es auch etwas Schönes über sie zu sagen? Ich möchte nicht, dass Janni vor ihr Angst haben muss.«

»Sie wird ihn lieben. Und sie wird sich zusammenreißen, wenn wir sie besuchen. Sie liebt Musik, kann sehr charmant sein. Meine Lesesucht als Kind hat sie immer verstanden. Sie wusste, dass ich in ferne Welten entfliehen wollte, weg von der Trauer über Papas Tod. Sie hat mir jedes gewünschte Buch zu Weihnachten und zum Geburtstag gekauft. Sie ließ mich in die Bibliothek gehen, sooft ich wollte.«

Susanne legt einen Arm um Corinna.

»Lass uns ins Bett gehen! Ja? Du siehst fertig aus.«

»Ja. Ich bin völlig erledigt. Ich denke, ich fahre morgen oder übermorgen zurück nach Köln, besuche am Wochenende meine Mutter. Und du überlegst, wann es für dich und Janni mit dem Besuch passt. Es wäre schön, wenn ihr zuerst zu mir nach Köln kämt und wir dann zusammen zu Ilse führen. Was meinst du?«

Sie legen die Arme umeinander, ihre Wangen berühren sich und sie verweilen einen Moment aneinandergelehnt.

Corinna atmet erleichtert aus.

Es ist alles wieder in Ordnung zwischen uns.

»Ja, so machen wir es. Janni und ich kommen mit dem Zug zu dir nach Köln. Du musst natürlich auch mit deiner Mutter klären, wann es ihr recht wäre. Ich bin ganz schön nervös, wenn ich an den Besuch denke. Kann ich vielleicht auch dein Atelier kennenlernen?«

Corinna schiebt Susanne ein wenig von sich weg, lächelt sie an, wünscht, sie wären jetzt beide nicht so verdammt müde.

»Gerne. Auf dem gleichen Gelände gibt es einen Bauernhof. Mit Ziegen, Hühnern und Katzen. Das könnte Janni gefallen.«

»Mir auch.«

9. Sie sitzt schon wieder hinter dem Lenkrad

Sie sitzt schon wieder hinter dem Lenkrad. So häufig wie in den letzten Tagen war Corinna lange nicht mehr mit ihrem alten Golf unterwegs gewesen. Sie ist auf dem Weg nach Koblenz, genauer gesagt unterwegs zu dem Ort, in dem ihre Mutter seit der Hochzeit mit ihrem zweiten Ehemann lebt.

Winningen liegt nur wenige Kilometer von Koblenz entfernt. Eigentlich wäre es kein Problem, mit dem Zug nach Koblenz zu fahren und dann mit dem Bahnbus in das hübsche Weindorf. Aber Corinna hat das Auto genommen, um jederzeit den Fertighaus-Bungalow verlassen und in kürzester Zeit etliche Kilometer Abstand zwischen sich und Ilse legen zu können. Es wäre absolut lächerlich, wenn sie im Streit das Haus ihrer Mutter verließe, um dann über eine Stunde an der Bushaltestelle warten zu müssen. Während Ilse sie die ganze Zeit vom Wohnzimmerfenster aus beobachtete.

Das Eckhaus liegt am Hang. Sie biegt um die letzte Kurve in den Weinbergsweg ein und sieht die Einfahrt zur Doppelgarage mit dem bereits weit geöffneten schmiedeeisernen Tor.

Neben den Garagen blühen rosa und dunkelrote

Rosen an einer vogelkäfigartigen Rankhilfe, der Rest des Vorgartens besteht aus großen Feldsteinen in verschiedenen Grautönen und einem schmalen Streifen Grün mit Hortensien an der Gartenmauer entlang. Eigentlich eine Maßnahme ihrer Mutter, um weniger Arbeit zu haben, aber es hat sich gezeigt, dass Löwenzahn und Hahnenfuß auch zwischen den Steinen wunderbar gedeihen.

Corinna war nicht übermäßig begeistert, als sie vor ein paar Jahren von der Gartenumgestaltung überrascht wurde. »Wenigstens kann das Regenwasser vom Boden aufgenommen werden«, hat sie die Sache kommentiert. Ilse liebt es, sie vor vollendete Tatsachen zu stellen. Letzten Sommer hat sie in einem der kleinen Zimmer den Teppichboden rausreißen und Laminat verlegen lassen. Statt bei der Gelegenheit auch das uralte Polsterbett zu entsorgen, stellte sie das durchgelegene Ding wieder an die gleiche Stelle.

Letztendlich ist sie mir keine Rechenschaft schuldig, sagt sie sich immer wieder und ärgert sich doch.

Sie fährt im großen Bogen direkt vor die rechte Garage und stellt den Motor aus. Ihr ist heiß, ihr T-Shirt feucht unter den Achseln.

Sie lehnt den Kopf an die Nackenstütze, schließt die Augen, wappnet sich. Als sie die Augen öffnet, sieht sie ihre Mutter die Wohnzimmergardine beiseite ziehen und mit einer Hand scheibenwischerartig winken.

Immer wieder hat sie sich in einer Endlosschleife aufgesagt, wie sie vorgehen, was sie sagen will, aber jetzt steigt ihr Puls.

Schnell steigt sie aus, winkt zurück, öffnet den Kofferraum, um ihre Sachen rauszunehmen. Sie stellt die Reisetasche auf dem Boden ab, greift nach ihrem Kopfkissen und spürt kurz den Impuls, das kleine Gemälde im Kofferraum liegen zu lassen, klemmt es dann aber unter den Arm.

Die Gardine ist wieder zugezogen, ihre Mutter wird bereits an der geöffneten Haustür stehen.

Ihr Blick fällt auf das üppig sprießende Grün zwischen den Feldsteinen. Das entspricht ganz und gar nicht dem Ordnungsbedürfnis ihrer Mutter. Unkräuter waren immer sofort zu entfernen, kaum dass sie sich hervortrauten.

Vermutlich gibt es wieder Probleme mit Giovanni.

Am liebsten würde Ilse alles alleine in Schuss halten, aber auf den Geröllbrocken kann sie erwiesenermaßen nicht herumturnen. Letztes Jahr war sie gestürzt. Eine Platzwunde am Ellbogen und ein Brillenhämatom die schmerzhaften Folgen. Und alles nur, weil Giovanni, der Gärtner, der alle zwei Monate den Rasen mäht, Bäume und Büsche zurückschneidet und jätet, erst am übernächsten Tag kommen konnte.

Geduld ist absolut keine hervorstechende Charaktereigenschaft ihrer Mutter. Aber mit fast achtzig muss sie gezwungenermaßen Zugeständnisse an ihr Alter machen.

Früher konnte sie keine Minute still sitzen, jetzt schläft sie schon nachmittags bei ihrer Lieblingsserie ein. Und den ständigen Kampf gegen unerwünschte, herumfliegende Samen kann sie nur verlieren.

Corinna stöhnt, geht um die Ecke herum auf den Hauseingang zu.

»Da bist du ja. Wann bist du denn los? Soll ich Kaffeewasser aufsetzen? Was hast du da unterm Arm?«

Corinnas Blick bleibt kurz am Messingtürschild hängen. Meyer. Der Name ihres Stiefvaters. Ihre Mutter hat bis heute den Namen ihres untreuen Ex-Ehemanns nicht abgelegt.

Vermutlich scheut sie die Kosten.

Sie stellt die Tasche, den Beutel mit ihrem orthopädischen Kopfkissen und das Bild im Eingang ab und umarmt hastig den hageren Körper ihrer Mutter. Für einen Moment lang hält sie die Luft an, als sie das blumige Eau de Toilette wahrnimmt.

Sie schaut in den großen Raum vor ihr – das Esszimmer mit dem runden Tisch und dem orange-braunen Makramee-Wandbehang geht in das riesige Wohnzimmer mit den skandinavischen Möbeln und dem Panoramafenster über.

Alles wie immer. Keine Veränderungen.

Auch Neuanschaffungen sind Ilses Spezialität.

Der Kaffeetisch ist bereits gedeckt. Vier Stücke Bienenstich warten auf einer gläsernen Kuchenplatte. Daneben steht eine Etagere mit Bonbons, einzeln verpackten Keksen und Ferrero Rocher. Dieses Porzellanteil wanderte schon zu Zeiten, als ihr Stiefvater noch hier lebte, abends vom Esstisch zum Couchtisch neben den Fernsehsesseln.

Hoffentlich hat sie den Kuchen beizeiten aus der Kühltruhe geholt.

196

Letztes Mal taten ihr die Zähne weh, weil die Füllung noch gefroren war. Noch letztes Jahr hat Ilse zu jedem Besuch selbstgebackene Kuchen aufgetischt. Aus sämtlichen Illustrierten riss sie Rezepte raus, sammelte sie in einem Ordner. Neuerdings kauft sie tiefgefrorenes Zeug.

Obwohl ich zugeben muss, dass der TK-Bienenstich ganz gut schmeckt.

Corinna nimmt sofort diesen typischen Geruch wahr. Halb muffig, als wenn nicht genügend gelüftet würde, aber es kommt noch etwas Chemisches dazu. Scharf, beißend. Hat mit dem Haus zu tun, den verbauten Dämmstoffen.

»Können wir nicht draußen auf der Terrasse Kaffee trinken?«

Der Birmakater, Mutters Mann im Haus, kommt laut mauzend angelaufen. Corinna liebt Katzen, richtige Katzen, nur dieses haarige, eifersüchtige Biest mit dem blassen Fell, das nur lauwarmes, durchgebratenes Hack frisst, ist einfach abstoßend. Ein überzüchtetes Tier, das ständig zum Arzt muss. Außerdem reagiert sie allergisch auf die Katzenhaare.

»Ich dachte nur, weil du mir was Wichtiges erzählen willst. Die Schmidts sitzen im Garten. Du weißt doch, wie neugierig die sind.«

»Glaubst du, die haben so gute Ohren? Aber gut, lass uns drinnen bleiben, aber dann die Terrassentür weit aufmachen. Ich habe zwar meine Allergie-Tabletten wegen Elvis dabei, aber wie du weißt, nehme ich die nicht so gerne.«

197

Nach kurzer Zeit nahm man den Geruch im Haus nicht mehr wahr, aber schon in zwei Stunden würde ihre Kleidung penetrant riechen – da half nur ausgiebiges Lüften oder waschen.

Corinna übernachtet ungern in Winningen. Das Asthma, das Elvis' dickes Unterfell bei ihr auslöst, ist ihre überzeugendste Begründung, weswegen sie nicht bleiben kann. Das Antihistaminikum schluckt sie tatsächlich nicht gerne. Das macht sie total müde und im Bedarfsfall kann sie nicht mehr Autofahren.

Auf dem Wohnzimmertisch liegt ein Stoffmusterkatalog. *Die Übergardinen. Das habe ich total vergessen. Ich soll ihr bei der Stoffauswahl helfen.*

Über zwanzig Jahre lang hat ihre Mutter in einem Gardinenfachgeschäft in Koblenz als stellvertretende Geschäftsführerin gearbeitet. Sie hat Kundinnen beraten, den Einkauf erledigt und die Buchführung. Sie hat ihre Arbeit geliebt und sie war kompetent und beliebt. Noch immer wird sie erkannt, wenn sie durch Koblenz bummelt. Es war ihr schwergefallen, mit Ende sechzig in Rente zu gehen.

Natürlich kauft sie den Stoff für ihre neuen Schlafzimmergardinen immer noch bei Ranzenberg.

»Ich habe dir eines meiner Bilder mitgebracht. Falls es dir gefällt.«

Sie nimmt den alten Kopfkissenbezug ab und hält die gelbgrüne Leinwand samt dem gut gelungenen Kirschholzrahmen hoch.

»Wenn nicht, nehme ich es wieder mit. Kein Problem.«

Ihre Mutter hat hellblauen Lidschatten aufgetragen und Lippenstift. Sie macht sich immer noch zurecht, auch wenn ihre Tochter kommt.

Corinna spürt ein Gefühl der Rührung hinter ihrem Brustbein. Als drücke ihr ein schweres Gewicht den Atem ab. Ein Grund für diesen Druck ist sicher die Trauer darüber, dass zwischen ihnen beiden so viel im Argen liegt.

»Ich bringe später den Vorgarten in Ordnung. Zupf den ganzen Löwenzahn aus.«

»Jetzt lass doch den Löwenzahn. Stell das Bild mal auf den Stuhl. Genau in der Farbe sollen die neuen Gardinen sein. Guck nicht so! Versteh mich nicht falsch. Ich weiß, das ist Kunst und keine Deko. Trotzdem. Hast du den Rahmen selbst gemacht? Der ist sehr schön.«

»Ist schon gut, Ilse. Dann suchen wir den Gardinenstoff zum Bild aus! Falls du es in dein Schlafzimmer hängen möchtest.«

Corinna seufzt. Es hätte schlimmer kommen können.

»Natürlich hänge ich es auf. Es gefällt mir. Es zieht einen so hinein. Danke, mein Schatz.«

Ilse legt kurz ihre Hand auf den Unterarm ihrer Tochter.

Wie alt ihre Hände aussehen!

Corinna schüttelt den Gedanken an Ilses Alter sofort wieder ab.

Ihr gefällt der Rahmen, und sie erkennt die Tiefenwirkung. Ich bin überrascht.

»Freut mich. Komm, lass uns Kaffee trinken.«

Im Radio dudelt »Eine neue Liebe ist wie ein neues Leben«.

Jürgen Marcus. Habe ich als Kind mitgeträllert. Ohne jemals über den Text nachzudenken. Ist Susanne eine neue Liebe, die ein neues Leben mit sich bringt, oder ist alles schon wieder vorbei? Ein kleiner, nur zu verständlicher Ausrutscher, bevor die Ordnungskategorie Schwägerin greift?

Ilse kommt mit der cremefarbenen bauchigen Thermoskanne aus der Küche. Trotz der hässlichen Verfärbungen und Risse kann sie sich von diesem Teil nicht trennen.

Corinna schaut auf die Standuhr. Es läuft gut. Sie ist zehn Minuten hier, und es gibt keinerlei Anlass, direkt wieder abzuhauen. Sie setzt sich auf ihren Platz, lässt den Blick schweifen. Durch die geöffnete Terrassentür sieht sie eine Amsel auf der Rasenfläche an einem Wurm zerren.

Auf der Anrichte stehen die Fotos der Verstorbenen. Papa, Micha und die Katzen der letzten zwanzig Jahre.

Hinten im Schlafzimmer gibt es eine weitere Fotogalerie. Bilder von den Großeltern, Onkeln und Tanten, von denen die meisten nicht mehr leben. Und auf dem Nachttisch ihrer Mutter steht ein Schwarz-Weiß-Foto ihres Vaters – aufgenommen zu der Zeit, als die beiden sich kennenlernten. Das hat sie wieder aus einer Schublade hervorgeholt, nachdem ihr zweiter Ehemann auf Nimmerwiedersehen aus ihrem Leben verschwunden war.

Das Foto von Micha auf der Anrichte hat ihr noch nie gefallen. Er hat ein Sektglas in der Hand – das Foto hatte Thomas gemacht, an Ilses fünfundsiebzigsten Geburtstag vor vier Jahren. Er schaut spöttisch in die Kamera, aber sein Blick wirkt beunruhigend leer.

Sie schieben die Kuchenteller beiseite, Corinna klappt ihren Computer auf, schaltet ihn ein, ruft das gespeicherte Bild auf und schiebt das Gerät zu ihrer Mutter hin. Sie kann mitansehen, wie deren gerade noch fröhlichen Augen feucht werden.

»Ein Bild von Micha? Wo ist das her? Habe ich nie gesehen. Nein, das ist er nicht! Die Kleidung passt auch nicht. Zu modern. Micha hatte keine grüne Cordlatzhose.«

Ilse fährt sich mit der Hand durch das Gesicht, sieht mit einem Mal ängstlich aus. Ihre Verunsicherung ist mit Händen zu greifen.

»Das ist nicht Michael. Sag mal, was wird das hier?«

Corinnas Hände zittern. Sie räuspert sich.

»Das ist Jan Michael. Er ist letzte Woche zwei Jahre alt geworden. Seine Mutter lebt in Leipzig, ist eine Kollegin und Freundin von Michael gewesen. Michael und Susanne haben dieses Kind gemacht. Er hat es noch erfahren … bevor er … Er hat sich sehr auf das Kind gefreut. Vielleicht wäre er sogar nach Leipzig gezogen. Jan Michael ist dein Enkelkind, mein Neffe!«

Bitte, bitte. Mach jetzt keine blöden Kommentare. Von wegen, dass du schon immer geahnt hat, dass Micha nicht wirklich schwul war.

Sie spürt einen heftigen inneren Widerstand, ihrer Mutter zu sagen, dass Micha sich von Thomas trennen wollte.

Elvis schleicht sich an den Tisch heran und springt auf einen der leeren Stühle.

»Verstehe ich das jetzt richtig? Das kann ich gar nicht fassen! Michael hat ein Kind hinterlassen? Bist du dir sicher?«

Ilse ringt um Worte. Kämpft mit den Tränen. Dann ein ersticktes Lachen. Nach einer kurzen Pause dann:

»War er gar nicht …? Bi? Egal – ich muss das nicht verstehen. Ach, das ist so schön! Einfach nur schön.«

Die beiden Frauen schauen sich nicht in die Augen. Corinna spielt mit ihrer Kuchengabel, zieht mit den Zinken Muster auf der Tischdecke.

Ilse weint lautlos vor sich hin, die Tränen strömen nur so über ihre Wangen. Sie zieht ein weißes Stofftaschentuch aus dem Ärmel ihrer Baumwollbluse und wischt sich über das Gesicht.

Corinna streicht ihr verlegen über den Arm.

»Ich war dort. In Leipzig. Habe ihn gesehen und sofort ins Herz geschlossen. Janni. Seine Mutter, Susanne, ist unglaublich nett. Wir würden dich gerne zu dritt besuchen.«

»Du scheinst diese Frau gerne zu haben.«

Corinna nickt, nicht wirklich überrascht. Ihre Mutter hatte schon immer einen Riecher. Aber mehr würde sie heute nicht preisgeben.

Sie fühlt sich völlig erschlagen und gleichzeitig unglaublich erleichtert. Sie schließt die Augen, spürt die Hand ihrer Mutter an ihrer Wange.

»Das ist ein Himmelsgeschenk, dieses Kind! Als hätte Michael mir einen Trost geschickt!«

Corinna, gerade noch ergriffen von den Tränen ihrer Mutter, spürt, wie ihr Wohlwollen schwindet. Die alte Wut ist zurück.

Mir! Mir! Janni ist auch für mich ein Trost!

Sie kann sich nicht mehr zurückhalten.

»Wird es jetzt künftig immer nur um Janni gehen? So wie es früher immer nur um Micha ging? Micha, Micha, den ganzen Tag lang. Micha, der tolle Kerl. Der tolle Schüler, der tolle Koch, der tolle Autofahrer. Micha, Micha, Micha.«

Ihre Stimme klingt schrill.

»Dass ich mindestens genauso gut koche, im Gegensatz zu Micha weder Fahrradunfälle hatte noch einen Autounfall mit deinem Auto verursacht habe. Immer Klassenbeste war, das hat dich nie interessiert. Ich kriege immer nur Kritik ab. Heute noch. Wie sehen denn deine Haare aus, was ist das denn für ein Pullover? Fällt dir das gar nicht auf?«

Sie steht auf, hätte beinahe den Stuhl umgeworfen.

»Ich muss an die Luft. Ich drehe eine Runde durch die Weinberge.«

Ihre Mutter ist blass, hat die Hände gefaltet, als wolle sie beten.

»Ich hatte immer Angst um Micha. Wegen dieser Seuche, wegen Aids. Dass er sich ansteckt, dass er stirbt. Bei dir wusste ich immer, dass du klarkommst. Aber ich habe dich auch immer lieb gehabt.«

Corinna schnaubt.

»Das hast du aber gut verborgen, liebe Ilse!«

Seit ihrem achtzehnten Geburtstag nannte sie ihre Mutter nur noch beim Vornamen. Sie hatte immer behauptet, weil sie es cool fände, andere aus ihrer Klasse das auch so machen würden, aber wenn sie ehrlich war, brachte sie das Wort Mutter oder auch Mami, wie sie als kleines Mädchen gesagt hatte, nicht mehr über die Lippen.

Dann setzt sie nach: »Auch als noch nicht klar war, dass er schwul ist, dass er Sex mit Jungs wollte, hast du ihn lieber gehabt.«

Ihre Mutter nestelt an ihrer Serviette herum.

»Er war so ein süßes Baby. So fröhlich, so leicht zu haben.«

Sie hält plötzlich inne. Kleine Fetzen der Papierserviette mit dem Rosenmuster segeln auf den Teppich. Elvis schlägt mit der Pfote danach.

»Lass das, Elvis!«

Erschrickt sie jetzt über sich selbst? Hat sie sich gerade mal selbst reden gehört?

Corinna steht schon halb im Flur.

Raus, nur raus hier.

Raus an die Luft, raus aus dem Zimmer, weg von dieser Frau, die sie immer nur verletzte.

Ihre Mutter schaut auf, sucht ihren Blick.

»Vielleicht hast du recht. Meine eigene Mutter hat meine Brüder auch immer bevorzugt, war immer streng mit mir. Ihnen hat sie nichts abschlagen können.«

Ist das etwa ein Zugeständnis?

Corinna schluckt. Beinahe wäre sie in Tränen ausgebrochen.

»Mütter und Söhne. Söhne werden länger gestillt, öfter im Arm gehalten. Eine unendliche Geschichte … Alles hast du ihm durchgehen lassen. Immer. Wenn er wochenlang kein einziges Mal vorbeikam, hast du ihn entschuldigt. Wenn er dann mal kam und nach zwei Stunden schon wieder wegfuhr – kein Wort der Kritik von dir! Er muss ja immer so viel arbeiten!«

Corinna Stimme überschlägt sich. Ihre Beine zittern.

»Ich bin in ungefähr einer Stunde wieder da.«

Corinna sieht, dass ihre Mutter mit sich ringt.

»Weißt du, ich habe noch gelernt, dass man Kinder sauber hält und möglichst wenig anfasst.«

Ja, Ja. Scheißhitlerideologie. Und irgendwie auch am Thema vorbei.

»Und auch, dass man Söhne bevorzugt? Ich muss an die frische Luft.«

»Du willst sicher alleine gehen wollen. Ich bin ja auch zu langsam.«

Corinna macht einen Schritt zurück ins Esszimmer.

»Ja, ich möchte jetzt gerne alleine sein. Anschließend kümmere ich mich um den Vorgarten.«

»Musst du nicht, mein Schatz. Aber schön wäre es. Nimm einen Hausschlüssel mit. Falls ich auf der Gartenliege einschlafe.«

Corinna nickt. Sie greift nach dem Schlüssel mit dem Biene-Maja-Anhänger und verlässt das Haus.

»Ich gehe schnell in den Keller runter und hole uns eine Flasche Wein. Einen von den Spitzenweißweinen, die Heinz immer für besondere Gelegenheiten aufbewahrt hat. Wir müssen doch anstoßen.«

»Lass mich das doch machen. Wo liegen denn die Spitzengewächse?«

Corinna bezweifelt, dass die von ihrem Stiefvater eingelagerten Weißweine noch genießbar sind. Er wollte nicht einsehen, dass Weißweine nicht besonders lagerfähig sind.

Das Abendessen steht auf dem Tisch. Rouladen, Klöße aus dem Beutel, Rotkraut aus dem Glas.

Ein Winteressen im August. Auch egal.

Corinna streckt sich, ihr Rücken schmerzt vom ungewohnten Unkrautjäten in gebückter Haltung. Den Rasen hat sie auch noch gemäht.

»Ganz hinten in der Werkstatt. Im Weinregal unten rechts. Jahrgang 1990, glaube ich.«

Ihre Mutter atmet tief durch. 1991 ist Heinz zu seiner neuen Flamme gezogen. Direkt nach seiner Verrentung.

Manchmal tut sie mir leid. Dass sie auch den zweiten Mann verloren hat und alleine hier wohnt.

Corinna geht die Steintreppe in den Keller hinunter. Immer wieder muss sie sich über die vielen winzigen Räume hier unten wundern. In einem der Zimmer steht lediglich ein Bügelbrett.

Sie macht Licht in der Werkstatt, lässt den Blick über Werkbank, Regale mit Vorräten und diverse alte Farbkanister schweifen.

Was die Frau alles so aufhebt! Irgendwann muss ich das alles wegschaffen!

Das Haus gehört ihrer Mutter, sie hat es mit ihrem Bausparvertrag finanziert. Sie wird es einmal erben – und mit Sicherheit verkaufen. Über die Jahre hat sie mitbekommen, dass es ständig etwas zu reparieren gibt – mal ist es die Heizungsanlage, dann reißt ein Rollladengurt. Und da sind die Nachbarn, die über herumfliegendes Herbstlaub und überhängende Zweige meckern. Allein der Gedanke an die ständige Tratscherei, die neugierigen Augen hinter den Gardinen. Nein, sie wird das Haus nicht behalten, sie wird es schätzen lassen, verkaufen und es sich von dem Erlös gut gehen lassen. Kurz erschrickt sie bei diesem Gedanken, als könne der liebe Gott in ihren Kopf schauen und sie bestrafen.

Ilse wird das ahnen. Und ich muss deswegen kein schlechtes Gewissen haben. Ich sehe es als eine Art Entschädigung.

In einem Regal mit jahrzehntealten Weckgläsern mit eingemachtem Obst und Dosen mit Mischgemüse und Ravioli sieht sie auf dem unteren Bodenbrett einige stockfleckige Kinderbücher und einen staubigen braunen DIN-A4-Umschlag. Sie erkennt sofort Michas Handschrift. »Comics« steht auf dem Umschlag, mehr nicht. Sie zieht den Packen hervor, legt ihn auf die Werkbank. Micha hat selten Bücher gelesen, aber jede Menge Comics.

Die nehme ich mit nach oben. Frag Ilse, ob ich sie für Janni mitnehmen kann. Sie hat bestimmt nichts dagegen.

Das braune Plastikregal mit den Weinen steht auf dem Boden neben der Werkbank. Sie sieht die Flaschen sofort. Verschimmelte Etiketten, alles eingestaubt. Sie zieht zwei Flaschen heraus. Riesling Silvaner Rheinhessen 1990. Das Flaschentragekörbchen steht neben den verschmierten Farbkanistern. Sie stellt die beiden Flaschen hinein, greift sicherheitshalber noch nach einem Rheingauer St. Laurent von 2001. Ihre Hände sind voller Staub und Spinnweben. Für einen winzigen Moment sieht sie Susannes Arbeitszimmer vor sich.

Ich hätte die Arbeitshandschuhe anlassen sollen. Und ich sollte meine armen Lunge schützen und eine Maske wegen der Schimmelsporen tragen.

Vorhin – als sie sich Arbeitshandschuhe und einen Sack für die Gartenabfälle in der Garage geholt hat – sind ihr Kratzer und Dellen am Audi der Mutter aufgefallen.

Soll ich sie darauf ansprechen, sie bitten, nicht mehr Auto zu fahren?

Sie hat Ilse schon immer für eine Bedrohung im Straßenverkehr gehalten. Für unbekümmert gemeingefährlich. Als sie selbst letztes Jahr mal den Audi fuhr, spottete Ilse auf dem Beifahrersitz über ihren Fahrstil. Weil sie die Kurven in den Weinbergen so vorsichtig nahm.

»Wieso fährst du so lahm? Hier kannst du ruhig siebzig fahren!«, durfte sie sich anhören.

Sie greift das Gestell mit den Weinflaschen, macht das Licht hinter sich aus und geht nach oben.

»Jetzt bin ich aber mal gespannt.«

Schon als Corinna den Korken aus der Flasche zieht, kommt ihr ein saurer Geruch entgegen. Sie gießt eine dunkelgelbe Flüssigkeit ins Weinglas.

»Na, Prosit. Willst du einen Schluck davon?«

Ilse rümpft die Nase, stellt das Glas beiseite.

»Mach die zweite Flasche auch auf! Heinz kannte diesen Winzer in Rheinhessen, weißt du noch?«

Corinna nickt. Sie öffnet die andere Flasche. Der gleiche Geruch, die gleiche widerliche Farbe.

»Selbst als Essig nicht zu gebrauchen. So viel zum Thema ›Aufheben für bessere Zeiten‹ Wir trinken den Rotwein.«

»Den habe ich letztes Jahr geschenkt bekommen.«

»Komisch. Du lebst hier an der Mosel, bist umgeben von Weinbergen, und du trinkst keinen Wein von hier?«

Ilse zuckt mit den Schultern. Sie zieht die Schüssel mit dem Rotkraut zu ihrem Teller hin.

»Mit deinem Vater, als wir in Mainz gelebt haben, da haben wir immer Rheinhessenwein oder Pfälzer Weine getrunken.«

Corinna holt frische Gläser aus dem Schrank, öffnet den Rotwein und gießt ihnen beiden ein. Ilse hebt ihr Glas.

»Prost, mein Schatz. Auf dich und den Familienzuwachs! Ich kann es immer noch nicht fassen. Hoffentlich lerne ich Susanne und Janni bald kennen.«

Vorsichtig probiert sie den Wein. Seufzt erleichtert.

»Vielleicht machen wir beide einmal eine Weinprobe hier im Ort. Um den hiesigen Wein kennenzulernen. Ich lade dich ein. Im Herbst? Was hältst du davon?«

Sie trinkt noch einen Schluck.

»Du fährst doch heute nicht mehr nach Hause?«

Corinna schüttelt den Kopf. Sie stoßen an, die Gläser klingen angenehm hell im Raum.

»Nein, ich fahre morgen nach dem Frühstück.«

»Ist gut.«

»Ich kippe schnell die Flaschen aus, sonst kommen gleich die Fruchtfliegen von ganz Winningen angeflogen.«

»Und dann lass uns essen, es wird ja alles kalt.«

Das Schnarchen ihrer Mutter ist penetrant. Corinna hat das Gefühl, dass sie neben ihr im Bett liegt.

Wie kann sie nach diesen überwältigenden Neuigkeiten derart problemlos schlafen?

Sie wälzt sich auf dem Polsterbett von einer Seite auf die andere, ohne eine gemütliche Lage zu finden. Die Sprungfedern drücken sich selbst durch das dicke Unterbett. Auf diesem orangefarbenen Ding hatte Micha geschlafen, bevor er auszog. Unter der Liegefläche war ein Bettkasten, vollgestopft mit jahrzehntealten, muffigen Zudecken und Kopfkissen.

Wie oft habe ich sie gebeten, dieses Bett rauszuwerfen. Ihr angeboten, selbst ein neues zu besorgen! Und eine milbenfreie, waschbare Zudecke. Diese klumpige Daunendecke ist vermutlich noch von Oma.

Wenigstens liegt sie auf ihrem eigenen Kopfkissen. Sie wirft sich zur Wand und strampelt mit den Füßen, bis sie die Decke abgeschüttelt hat. Am liebsten würde sie den Rollladen hochziehen und das Fenster ganz öffnen. Sie hat das Gefühl zu ersticken.

Sie traut sich nicht, aus Angst, dass jemand über das niedrige Gartenzäunchen steigen und sie im Schlaf überraschen könnte. Sie hat nie in einem freistehenden, ebenerdigen Haus gewohnt.

Dass Ilse hier keine Angst hat so ganz alleine. Sie legt sich nachmittags in den Garten, schläft ein. Einbrecher könnten das Haus ausräumen, und sie bekäme nichts mit.

Sie ist so unglaublich müde, kann aber nicht einschlafen, lässt zum wiederholten Mal den Tag Revue passieren. Es lief erstaunlich gut. Der kurze heftige Streit hat dazu geführt, dass sie endlich mal ihren ganzen Frust über Michas Bevorzugung losgeworden ist. Danach war sie entspannter, hat nicht so empfindlich auf jede Bemerkung ihrer Mutter reagiert. Sie hat nicht über das Fernsehprogramm gemeckert, hat das Essen gelobt. Der gemeinsame Urlaub in Südtirol ist vom Tisch. Frau Niemann fährt jetzt doch mit. Ilse hat von sich aus von ihrem Zusammenstoß mit dem Poller auf dem Supermarktparkplatz berichtet. Sie möchte demnächst ihr Reaktionsvermögen prüfen lassen und dann entscheiden, ob sie das Auto besser verkauft.

Auch kein leichter Schritt.

Sie waren sich schnell über einen passenden Gardinenstoff für Ilses neues Schlafzimmer einig geworden und auch ein schmaleres Bettgestell war im Nu im Katalog ausgesucht. Ihr gelbgrünes Werk hängt jetzt an einer Wand, wo kein direktes Sonnenlicht darauf fallen kann. Sie nimmt ihrer Mutter ab, dass es ihr sehr gut gefällt.

Gut, dass sie ihr Schlafzimmer neu gestaltet, es sich schön macht, ihr Geld ausgibt. Nur bei diesem Scheißbett reagiert sie stur. Soll sie es doch in eines der Stübchen im Keller schaffen. Vielleicht überlegt sie es sich, wenn Janni hier öfter übernachten sollte!?

Sie spürt einen kurzen Krampf in der Brust. Fragt sich, ob sie eifersüchtig ist. Nein, es ist eher Angst, dass sie kein Teil dieser Besuche sein könnte.

Ich möchte das mit Susanne hinkriegen. Nicht immer wieder abhauen. Erwachsen werden. Meine Liebe zeigen.

Plötzlich hat sie das Bedürfnis, Susanne eine kurze Nachricht zu schicken. Sie wird sich bestimmt fragen, wie der Tag verlaufen ist. Corinna tastet nach dem Kippschalter der Nachttischlampe, die neben dem Bett auf einem alten Blumenhocker steht.

»Liebste Susanne, ich liege schon im Bett. Es lief besser als gedacht. Ilse konnte kaum fassen, dass sie einen Enkel hat, aber sie ist überglücklich, freut sich auf unseren Besuch. Muss jetzt schlafen. Das Bett ist grauenhaft. Ich denke an dich, vermisse dich. Corinna.«

Sie schaltet die Lampe wieder aus, dreht sich auf den Rücken. Das ist nicht ihre Einschlafposition, aber so kann sie einigermaßen schmerzfrei liegen.

Das Essen war fürchterlich, aber der Wein spitzenmäßig.

10. Wann war was?

Wann war was? Ich muss Ordnung in meinem Kopf schaffen. Aufschreiben, was ich in den letzten Wochen gemacht habe. Es ist so viel passiert, fast zu viel. Selbst schöne Erlebnisse sind anstrengend.

Corinna sitzt an ihrem Arbeitstisch im Eifeler Atelier. Lisa ist immer noch unterwegs, hat spontan entschieden, noch weitere Galerien in Norddeutschland abzuklappern. Lisa liebt Akquise.

Heute Morgen ist es so neblig, dass die Kiefern kaum zu erkennen sind. Sie fühlt sich wohl in ihrem dicken Wollpullover unter dem farbverschmierten Arbeitsoverall und der ausgeleierten Mütze, die ihr Marlene vor zwei Jahren zu Weihnachten geschenkt hat. Selbstgestrickt. Ein Unikat sozusagen.

So kalt und das Anfang September!

Seit Marlene zum Abendessen bei ihr war, hat sich ihr Leben extrem verändert. Kaum war Marlene aus der Tür, rief Susanne an. Samstag dann die Zugfahrt nach Leipzig. Beginn eines turbulenten Roadtrips.

Sie notiert ihre Reisestationen und die Vornamen ihrer Begegnungen in ihren Kalender, kritzelt ein paar Stichworte dazu, hängt ihren Gedanken nach.

Susanne, Janni. Die wunderschöne Nacht. Ihre überstürzte, panische Flucht. Marianne, die Leipziger

Ärztin, die in der Bahnhofshalle über sie gewacht hat. Eine Nacht zu Hause in Köln. Aufbruch nach Scanno. Grabbesuch in Mainz. Übernachtung im Auto. Panikattacke im Mainzer Supermarkt. Alex in Murnau. Museumstag im Blauen Land. Flucht im Morgengrauen.

Kurz stellt sie sich Alex vor, wie sie alleine im Frühstücksraum sitzt und auf sie wartet, bis ihr klar wird, dass sie verladen wurde.

Das war nicht in Ordnung von mir. Ich bin der Auseinandersetzung aus dem Weg gegangen – wie so oft. Ich sollte ihr schreiben, mich entschuldigen.

Zirler Berg. Stau am Brenner. Rückfahrt nach Leipzig. Wieder Susanne und Janni. Streit, Fußmarsch durch Leipzig, Versöhnung. Autofahrt zurück nach Köln. Eifel. Besuch bei Ilse in Koblenz. Köln. Eifel.

Morgen Nachmittag wird sie Susanne und Janni am Hauptbahnhof abholen. Sie hat eine Kindermatratze besorgt, aber Janni kann auch gerne mit im großen Bett schlafen. Er ist noch so klein, hat noch nie woanders als in seinem Bettchen in Leipzig geschlafen. Für Susanne und sie wird es noch viele Gelegenheiten geben, ungestört miteinander zu sein.

Hoffentlich.

Sie hat Michas Hundi auf die kleine Matratze gesetzt und gedacht, dass ihre ganze Familie dieses Plüschtier irgendwann berührt hat. Ihr Vater, ihre Mutter, Micha natürlich und sie selbst.

Morgen wird ihr Neffe das Lieblingsplüschtier seines Papas bekommen.

Bei der Vorstellung, dass die beiden bei ihr in Köln

übernachten werden, erhöht ihr Herz die Schlagzahl. Als sie sich letztes Mal von Janni verabschiedet hat, um wieder nach Hause zu fahren, ist der Kleine völlig unerwartet in Tränen ausgebrochen.

Jannis Herz ist mir spontan zugeflogen. Das ist einfach wunderschön. Ich möchte ihm nie wehtun.

Susanne und sie telefonieren jeden Abend. Sie reden über Alltägliches, über Vergangenes. Micha ist oft Thema, aber sie beginnen auch zaghaft ein eigenes Kapitel.

Nach einer Nacht in Köln wollen sie zwei Tage hier im Atelier verbringen. Janni möchte unbedingt Monis Ziegen streicheln. Er spricht von nichts anderem mehr, meinte Susanne. Wenn das Wetter hält, können sie Feuer machen, Stockbrot rösten, Würstchen und Ziegenkäse grillen. Sie wird Susanne ihre Bilder zeigen, auch das Neue, das noch auf der Staffelei steht und heute fertig werden soll.

Corinna dreht sich zur Staffelei um. Orange und grün. Ein nächster Versuch mit Zweifarbigkeit. Fast sieht es wie eine Landschaft aus. Im unteren Drittel hat sie ein Waldgrün aufgetragen und für den oberen Teil der Leinwand hat sie aus Raw Sienna und Zitronengelb ein leuchtendes Orange gemischt. Nachher will sie noch eine weitere Farbschicht auftragen und mit der Rakel darüber gehen. Neue Strukturen der Farbtöne an der Grenzlinie von Grün und Orange schaffen.

Ich hoffe, es gefällt ihr. Es sind »ihre« Farben.

Orange wirkt warm, steht für Lebenslust, Vitalität. Grün ist eine beruhigende Farbe, symbolisiert Glück und Hoffnung.

Am Wochenende besuchen sie Ilse. Sie wollen früh losfahren, schon vor Mittag in Winningen sein. Um auf jeden Fall am Abend zurückzufahren. Auf keinen Fall übernachten. Ilses zweites Gästezimmerchen ist eine fast noch schlimmere Zumutung als das, in dem sie immer übernachtet.

Vollgestopft mit Gerümpel. Eine ausrangierte Schreibmaschine neben dem Schrank, alte Koffer auf dem Schrank. In einer Ecke das nicht mehr benutzte Keyboard, ein Webrahmen und der seit Jahren ausrangierte Schwarz-Weiß-Fernseher. Die durchgelegenen Einzelbetten stehen jeweils an der gegenüberliegenden Wand und davor sind höchstens zwei Quadratmeter Freifläche.

Ich werde keine weitere Nacht in Michas Jugendzimmer verbringen! Wenn sich so etwas wie Familienbande zu Susanne und Janni entwickeln sollten, investiert Ilse vielleicht endlich in neue Matratzen, vielleicht auch in eine für ihre einzige Tochter. Oder ich kaufe mir eine dicke Gästeluftmatratze und schlafe darauf.

Wenn Corinna an die grauenvolle Nacht auf Michas Polsterbett denkt, tun ihr sofort wieder die Knochen weh.

Vermutlich schafft sie es einfach nicht, sich von diesem Bett zu trennen, weil Micha darin geschlafen hat.

Susanne möchte gerne Michas Grab in Mainz besuchen, aber das haben sie auf ein andermal verschoben. Noch mehr Stunden im Auto wollen sie dem Kleinen nicht zumuten.

Vielleicht kann er irgendwann ein paar Stunden alleine bei

seiner Oma verbringen, und wir besuchen Michas Grab ohne
ihn.

Corinna schaut auf ihre Kalendernotizen. Sie ist beim heutigen Tag angelangt. Susanne und Janni werden Sonntagmittag nach Leipzig zurückfahren. Susanne hat am Montag Vorlesungen.

Sie kann es kaum erwarten, dass Marlene die beiden kennenlernt, aber sie konnten keinen Termin finden.

Wenn ich an das letzte Telefonat mit Marlene denke, ist es vielleicht ganz gut, dass es diesmal mit einer Verabredung nicht geklappt hat.

Marlene hat ziemlich verhalten auf Susannes und Jannis Existenz reagiert. Als Corinna anfing, ihr von der Liebesnacht zu erzählen, wurde sie immer wortkarger. Ihre Unlust, mehr zu erfahren, war selbst durch das Telefon mit Händen zu greifen. Sie fragte nichts. Benahm sich wie eine Königin, die erfährt, dass sie eine Nebenbuhlerin hat, plötzlich nicht mehr an erster Stelle steht. So hatte sie Marlene noch nie erlebt.

Die kriegt sich schon wieder ein.

Susanne meint, dass sie ein Jahr lang pendeln sollten. Dass sie gemeinsam in Urlaub fahren würden, möglichst viel Alltag teilen sollten. Sie möchte abwarten, ob die Liebe hält. Wegen Janni. Und sie hat völlig recht, auch wenn sie selbst am liebsten sofort nach Leipzig aufbrechen möchte. Dass sie sich ineinander verliebt haben, das fühlt sich für sie beide immer noch ziemlich verrückt an.

Aber sie ist sich sicher, dass sie nächstes Jahr zu den

beiden in die Kantstraße ziehen wird. Ihr Atelier möchte sie behalten, das kann sie sich leisten. Die Kölner Wohnung wird sie aufgeben müssen. Sie kann jederzeit bei Marlene wohnen, wenn sie ein paar Tage in Köln verbringen möchte. Marlene hat ein wunderschönes Gästezimmer mit Blick auf das Kuppeldach von St. Gereon. Das Bett ist hundertvierzig Zentimeter breit, die Matratze traumhaft.

Ach Marlene, du wirst dich doch hoffentlich bald mit mir freuen.

Dem Zeitungsverlag, für den sie so viele Jahre die Um-die-Ecke-gedacht-Rätsel entwickelt hat, hat sie zum Ende des Jahres gekündigt.

Ich werde meinen Kopf für Neues freihaben! Zeitungsartikel kann ich von Leipzig aus schreiben, ich komme ab und an nach Köln, schaue mir eine Kunstausstellung im Ludwig oder auch in Düsseldorf an, wohne bei Marlene, arbeite ein paar Tage im Atelier. Ein wenig Distanz ab und zu tut jeder Liebe gut. Distanz schafft Nähe, heißt es.

Corinna streckt sich, schaut auf ihre Armbanduhr. Schon fast Mittag. Sie hat kaum gefrühstückt, kein Wunder, dass ihr Magen knurrt. Es sind noch ein paar gekochte Kartoffeln von gestern Abend übrig.

Ich könnte mir eine Frittata machen. Mit Schnittlauch und Petersilie aus dem Garten.

Sie schaut aus dem Fenster. Der Nebel ist verschwunden, der Esstisch draußen liegt sogar in der Sonne.

Also: Mittagspause! Kochen, essen, ein wenig in der Zeitung blättern und dann Susannes Bild fertigmachen.

Am frühen Abend ist sie bei Moni drüben zum Essen eingeladen. Anschließend fährt sie nach Köln zurück.

Susanne wird es hier gefallen. Der nahe Wald, die Ruhe.

Susanne ist, genau wie Marlene, durch und durch ein Stadtgewächs, aber wenn Marlene hier in der Eifel ein Wochenende verbringt, kann man dabei zusehen, wie innerhalb von Minuten jeder Stress von ihr abfällt. Sie schlüpft aus ihren eleganten Pumps, zieht eine alte Jeans und einen abgetragenen Pulli an, streift durch den Garten. Manchmal bringt sie Tütchen mit Blumensamen mit und versucht sich als Gärtnerin.

Corinna seufzt, Marlenes abweisendes Verhalten am Telefon verstört sie mehr als gedacht.

Noch eine halbe Stunde darf ich in der Sonne dösen, dann mache ich mich wieder an die Arbeit.

Corinna hat den Pullover ausgezogen, streckt sich auf der Liege aus und greift nach der Zeitung von gestern. Sie hört die Ziegen nebenan meckern, ein Hund bellt irgendwo.

Sie blättert lustlos von hinten nach vorne die Seiten durch – in Gedanken ist sie mit Susannes Bild beschäftigt –, als ihr Blick bei einem kleinen Artikel über eine Ladendiebin im Lokalteil hängenbleibt. Eine Frau hat eine billige Salatsoße geklaut und ist zu elf Monaten Haft verdonnert worden.

War bestimmt ein Wiederholungsfall. Aber elf Monate? Wegen einer Salatsoße? Das ist krass. Steht in keinem Verhältnis zu anderen Urteilen, bei Steuerhinterziehung zum Beispiel!

Vorgestern hat sie zum ersten Mal wissenschaftliche Artikel im Internet zum Thema Ladendiebstahl gelesen. Sich mit Fallgeschichten befasst. Dass traumatische Ereignisse in der Kindheit dazu führen, dass man anfängt zu klauen – und nicht wieder aufhört –, das war ihr schon vorher klar. Es geht nie ums Geld. Leider interessiert sich die Justiz nicht für individuelle Gründe – für sie ist Diebstahl gleich Diebstahl. Ob ein Drogenabhängiger Sachen stiehlt, um sie zu verticken, ob jemand sich bereichern will, ob jemand aus einem Zwang heraus handelt: Scheißegal!

Diese Frau wollte sich doch nicht bereichern! Eine Salatsoße für einen Euro. Das ist doch keine Beschaffungskriminalität. Als ob da Knast helfen würde!

Eine Fallgeschichte bekommt sie nicht aus dem Kopf. Eine achtzigjährige Frau klaute Schnittbrot, weil sie Hunger hatte und nur hundert Euro für Lebensmittel im Monat übrig waren. Aus Scham ging sie nicht zum Amt – obwohl ihr Unterstützung zugestanden hätte.

Corinna legt die Zeitung beiseite und schließt die Augen.

Als Zwölfjährige ließ sie für eine Freundin zum Geburtstag eine teure Modeschmuckhalskette im Kaufhaus mitgehen. Ein völlig unpassendes Geschenk, wie ihr draußen auf der Straße klar wurde. Auf dem Nachhauseweg hat sie die Kette in ein Gebüsch gehängt.

Ich hätte damals die extravagante Kette verstecken und Ilse zu Weihnachten schenken können.

Sie sieht das knochige Mädchen mit dem hässlichen, von der Mutter genähten Dufflecoat vor sich, wie es sich umschaut, um unbemerkt die blöde Kette loszuwerden, und möchte das Kind in den Arm nehmen und trösten.

Bis auf die Kette hat sie nie etwas Überflüssiges geklaut.

Als Jugendliche hat sie »Marnie«, den Hitchcock-Film gesehen. Marnie bestiehlt ihre Arbeitgeber, wechselt ständig den Wohnort, bis sie von einem ihrer Chefs erwischt und zur Heirat genötigt wird. Der Ehemann kam ihr gestörter vor als Marnie. Marnie versucht, mit dem geklauten Geld die Liebe ihrer gehbehinderten Mutter zu erkaufen. Es wird angedeutet, dass hinter ihrer Klausucht fürchterliche Erlebnisse in der Kindheit stecken. Verstanden hat sie den Film damals nicht ganz, konnte danach aber kaum einschlafen.

Wieso sind es eigentlich immer Frauen?

Im Moment fällt es ihr leicht, im Supermarkt alle Artikel aufs Band zu legen und zu bezahlen. Und es fühlt sich gut an.

Vielleicht hilft meine Verliebtheit. Und die Vorstellung, dass ich erwischt würde und Susanne dem Kleinen erzählen müsste, dass Tante Inna im Gefängnis sitzt!

Nein, sie verspürt keinerlei Bedürfnis, erwischt und bestraft zu werden. Vielleicht wollte sie das als Kind. Gesehen werden mit ihrer Trauer.

Mit professionellem Kindertrösten hatte man es damals nicht so.

Sie seufzt, denkt an die Tafel Schokolade, die sie vor so vielen Jahren auf das Grab ihres Vaters gelegt hat.

Schluss jetzt. An die Arbeit!

Beim Reingehen wirft sie die Zeitung in den Korb mit dem Anmachholz für den Kamin.

Als sie im Begriff ist, zu Moni rüberzugehen, brummt ihr Handy. Mit jedem Ton dreht es sich ein wenig auf dem Arbeitstisch. Sie hat sofort ein mieses Gefühl.

Es ist Susanne.

Sie hat es sich anders überlegt, sie kommt nicht.

»Ja?«

Ihre Stimme klingt zögerlich.

»Corinna, es tut mir so leid, aber Janni hat hohes Fieber. Ich habe ihm ein Zäpfchen gegeben und Wadenwickel gemacht. Jetzt schläft er endlich. Er hat getobt, als ich ihm sagte, dass wir vermutlich morgen nicht fahren können.«

Corinna ist zum Heulen zumute. Am liebsten würde sie ihr Handy durch die Gegend werfen.

Ich habe alles so schön vorbereitet. So eine Scheiße. Ich hab mich so gefreut. Sollen sie doch bleiben, wo ... Das hat doch alles gar keinen Sinn.

Plötzlich weiß sie gar nicht, wo sie sich lassen soll. Sie schluckt ihre Tränen runter.

»Ich hab mich so gefreut, alles für euch vorbereitet. Und jetzt?«

Sie hört Susannes müdes Seufzen.

Das kann sie gerade gar nicht gebrauchen, dass ich auch noch jammere. So ist das eben mit Kind.

223

Corinna lässt sich auf das Sofa fallen, versucht sich innerlich zu straffen, den mäkeligen Tonfall abzustellen.

»Tut mir leid, du bist sicher völlig geschafft. Was machen wir jetzt? Den ganzen Besuch verschieben?«

»Ich kann im Moment gar nichts entscheiden. Ich bin einfach nur müde. Vielleicht geht es ihm morgen besser. Falls er nicht irgendeine Kinderkrankheit ausbrütet.«

Corinna richtet sich auf.

»Dann geh schlafen, Süße. Sag mir morgen früh Bescheid. Vielleicht klappt es ja doch. Wenn nicht, verschieben wir alles um eine Woche. Einverstanden? Entschuldige, aber ich war gerade so enttäuscht. Du fehlst mir so.«

»Du mir auch. Ich war erst richtig sauer auf Janni. Aber so ist das mit Kleinkindern. Der arme Kleine. Er war schon so weinerlich, als ich ihn von der Kita abgeholt habe. Du, es ist zwar nicht mal richtig dunkel, aber ich muss mich hinlegen. Sei nicht traurig. Kann ich dich so gegen halb acht anrufen?«

»Ja, mach das. Schlaf schön.«

Corinna schafft es noch, einen hingeschmatzten Kuss nach Leipzig zu schicken, bevor sie das Gespräch beendet. Susanne soll nicht mitbekommen, dass sie kurz davor ist, in Tränen auszubrechen.

Ich bin aber verdammt traurig.

11. Sie ist viel zu früh

Sie ist viel zu früh am Hauptbahnhof.

Um sechs Uhr früh ist sie durch irgendein Geräusch auf der Straße aufgeschreckt, konnte nicht wieder einschlafen.

Es gibt jeden Morgen, wenn sie aufwacht, vielleicht zwei Sekunden, in denen Susanne in ihrem Leben noch nicht vorkommt. Um dann von nichtexistent zu existenzbestimmend in ihr Bewusstsein katapultiert zu werden. Was sich völlig verrückt und fast beängstigend anfühlt. Dann strampelt sie die Decke weg, muss sofort das unerträgliche Hitzegefühl loswerden. In diesen Momenten ist sie, trotz aller Verliebtheit, erleichtert, dass sich Susanne nicht darauf eingelassen hat, sofort mit ihr zusammenzuziehen.

Sie rechnete mit Susannes Absage. Der Gedanke, das so schön geplante Wochenende alleine verbringen zu müssen, zerrte an ihr. Dieses Verlorenheitsgefühl, wenn etwas Geplantes im letzten Moment ins Wasser fällt, kannte sie zur Genüge.

Sie beschloss, nicht bis zu Susannes Anruf im Bett liegen zu bleiben, sondern laufen zu gehen. Seit ein paar Tagen joggt sie wieder regelmäßig. Die Entspannung nach einem Zehn-Kilometer-Lauf fühlt sich besser an als der kurze Adrenalinkick nach dem Klauen einer Flasche Olivenöl.

Joggen ist eindeutig die bessere Sucht.

Pünktlich um halb acht rief Susanne an. Janni war putzmunter aufgewacht, das Fieber verschwunden. Die beiden würden wie geplant losfahren.

Nach dem Duschen kaufte Corinna noch ein paar Kleinigkeiten ein. Susannes Lieblingscamembert, Kakao für Janni und Sonntagsbrötchen zum Aufbacken aus dem Bioladen. Die schmecken besser als die vom Bäcker bei ihr um die Ecke.

Fast hätte sie noch Blumen zum Empfang am Bahnhof mitgebracht – hat dann aber den selbst gepflückten Sommerblumenstrauß in der Küche stehen lassen. Susanne hat sicher genug zu schleppen für das lange Wochenende, Janni inklusive, da muss nicht auch noch ein Blumenstrauß hin und her transportiert werden.

Um 14.46 soll der Zug auf Gleis 1 eintreffen. Bis jetzt sind keine Verspätungen angezeigt. Corinna schaut auf die Uhr. Immer noch 14.15. Sie beschließt, eine Viertelstunde in der Bahnhofsbuchhandlung in den Zeitschriften zu stöbern, um sich abzulenken.

Sie ist nervös, aufgeregter als vor jeder Vernissage.

Heute Nacht wird sie neben mir liegen. Wir werden zusammen aufwachen. Vier Tage gemeinsam verbringen.

Susanne hat für das gemeinsame Wochenende eine Konferenz abgesagt und ihren Lesezirkel mit Freundinnen verschoben.

Vielleicht könnten sie ein paar Tage an der Ostsee verbringen. Die Freundin einer guten Freundin Susannes besitzt eine Datsche auf Usedom.

Sie betrachtet die Kochzeitschriften. Sofort hat sie Micha im Kopf – seine spezielle Passion für die Hochglanzkochmagazine.

Ihr Blick streift über die Schlagzeilen der Tageszeitungen. Der oberste Gerichtshof in Chile hat die Immunität Pinochets aufgehoben. Auf einer kleinen Abbildung erkennt sie Laura Branigan. Mit zweiundfünfzig Jahren an einer Hirnblutung gestorben. Sofort sieht sie sich auf Partys in den achtziger Jahren zu ihrem Hit »Self Control« tanzen.

Niemand hat Laura Branigan gefragt, ob sie mit zweiundfünfzig Jahren sterben will. Niemand hat Micha gefragt, ob er in Namibia in einem verdammten Bus sterben will. Niemand hat meinen Vater gefragt, ob er plötzlich tot umfallen möchte. Wer weiß schon, wie lange Susanne und ich uns lieben werden? Die Ungewissheiten im Leben sind die einzige Gewissheit.

Sie atmet schwer aus.

Wäre es schöner, eine Katze zu sein? Ich würde in der Sonne dösen, mein Mensch würde mich streicheln und füttern. Ich würde schnurren, den Vögeln nachgucken, aber ich müsste nicht über mein Katzenleben nachgrübeln.

Corinna fällt ein, dass sie vor ihrer Abfahrt nach Leipzig auch hier im Laden stand.

Sie schaut wieder auf die Uhr. Immerhin: Fünfzehn Minuten sind vergangen.

Sie macht sich zum Bahnsteig auf, nimmt die Rolltreppe zum Gleis, hält Ausschau nach dem nächsten

Wagenstandsanzeiger, schaut, auf welcher Höhe die Wagen der 2. Klasse halten, und beschließt, im Bereich B zu warten.

Der IC aus Leipzig fährt pünktlich auf Gleis 1 ein.

Corinna versucht, in jeden vorbeifahrenden Wagen zu schauen, ob sie Susanne entdecken kann. Aber der Zug ist zu schnell, die Schemen der stehenden Fahrgäste ziehen verschwommen an ihr vorbei.

Und dann steht sie vor ihr, ihr wunderschönes offenes Lächeln lächelnd. Janni sitzt in einer Trage auf ihrem Rücken, fuchtelt – vor Freude kieksend – mit den Ärmchen.

Dass sie im Weg stehen, bemerken sie erst nach einer ganzen Weile. Reisende machen einen Bogen um sie herum, als wären sie eine Skulptur.

Janni patscht unentwegt mit den Händchen auf Susannes Rücken.

Als eine Frau laut ruft: »Mädels, es reicht. Macht mal 'ne Pause mit der Küsserei. Da wird man ja neidisch!«, kehren sie auf den belebten Bahnsteig zurück.

»Auweia«, meint Susanne grinsend, weicht mit einem Satz zur Seite, um Platz zu machen. Sie nimmt das Tragegestell herunter und befreit Janni von den Riemen und Haltegurten. Er stürzt sich auf Corinna, reißt die Arme nach oben, damit sie ihn hochnimmt.

»Meine Güte, ich wusste gar nicht, wie schwer du bist. Und wie stark deine Mami ist! Hallo, Janni.«

Sie drückt dem Kleinen einen Kuss auf die Wange, spürt den warmen, robusten Körper an ihrer Brust, und schaut Susanne bewundernd an.

»Wie hast du das geschafft, mit Janni auf dem Rücken und dem Rollkoffer?«

»Alles Übungssache. Ständiges Hanteltraining. Und ein Kinderspiel im Vergleich zu der Strapaze, in einem Kleinkindabteil mit einem kreischenden Baby und einem genervten Elternpaar zu sitzen. Janni und ich waren die Hälfte der Zeit im Speisewagen. Er hat sich tapfer gehalten.«

»Janni, ich, este Mal Zug fahre.«

»Toll. Und sogar im Speisewagen!«

Sie strubbelt ihm durch die Haare.

»Und jetzt fahren wir mit der U-Bahn zu mir nach Hause. Soll ich dir das Gestell abnehmen?«

Susanne schüttelt den Kopf, setzt die Babytrage auf, greift nach ihrem Koffer und ist bereit.

»Schaffst du das mit Janni auf dem Arm?«

»Was meinst du?«

Sie lächelt den Jungen fragend an, heilfroh, dass sie in ihm nur ihren Neffen sieht und nicht Micha.

Er nickt begeistert.

Wie eine kleine Familie.

Corinna hält Janni mit beiden Armen fest, schaut seitlich an ihm vorbei auf den Boden und setzt vorsichtig den ersten Schritt auf die Rolltreppe.

»Es ist wunderbar, hier bei dir zu sein und so verwöhnt zu werden.«

Susanne räkelt sich auf dem Sofa.

»Janni ist sofort eingeschlafen. Mit Hundi im Arm. Wie süß, dass du eine Matratze für ihn besorgt hast.

Komm setz dich zu mir.« Sie klopft mit der Hand auf den freien Platz neben sich.

»Warte kurz, ich möchte dir etwas zeigen.«

Corinna geht die paar Schritte zu ihrem Sideboard und holt einen Umschlag aus einer der Schubladen. Sie setzt sich neben Susanne und zieht mehrere Comic-Heftchen hervor.

»Die müffeln und fallen schon bald auseinander. Am besten jetzt kurz mal nicht einatmen. Ich habe sie im Keller von Ilse entdeckt. Micha hat sie dort aus irgendeinem Grund zwischengelagert und dann vergessen. Ilse hatte nichts dagegen, dass ich sie mitnehme.«

Sie legt die Hefte nebeneinander auf den Couchtisch.

»Drei Micky-Maus-Hefte aus den siebziger Jahren und zwei schon sehr zerfledderte Superman-Hefte, ungefähr genauso alt. Ein Fall für Frau Dr. Bach!«

Susanne nimmt ein Heft mit spitzen Fingern vorsichtig hoch, riecht kurz daran, blättert ein paar Seiten um.

Sie schauen sich an. Beide haben Tränen in den Augen. Nach einem tiefen Ausatmen meint Susanne:

»Das sieht nach viel Arbeit aus. Die haben Schimmelflecke. Klar nehme ich die mit nach Leipzig. Janni könnte später mal Freude daran haben, etwas von seinem Vater in der Hand zu halten.«

Und dann:

»Pack sie wieder weg. Am besten doppelt in eine Plastiktüte und dann ganz schnell ab zum Händewaschen. Ich genauso. Wenn ich dich gleich umarme,

230

möchte ich keine Schimmelsporen einatmen. Das ist es nämlich, was ich mir jetzt ganz dringend wünsche. Dich endlich ungestört in den Armen zu halten. An Micha möchte ich heute Abend nicht mehr denken.«

Corinna lächelt.

»Er wird es uns verzeihen, dass wir mal nur zu zweit sein wollen.«

Susanne nickt.

»Auf jeden Fall. Und er wird sich daran gewöhnen müssen. Oder?«

»Was glaubst du denn? Das muss er.«

Mit vorgestreckten Händen gehen beide ins Badezimmer. Waschen gründlich die unsichtbaren Sporen ab.

Und jetzt? Wie geht es jetzt weiter? Ich mag heute über nichts Wichtiges mehr reden. Ich weiß, was ich möchte, aber Susanne? Will sie mich nur im Arm halten? Und wenn sie das Gleiche möchte wie ich, wie machen wir das, ohne Janni aufzuwecken?

»Kann man das Sofa hier ausklappen?«

Wow. Wir scheinen die gleichen Absichten zu verfolgen.

Plötzlich ist sie ganz Energie.

»Gut erkannt. Gibt es einen Grund für die Frage?«

Corinna hat das Gefühl, dass ein elektrischer Blitz die zwei Meter Abstand zwischen ihnen durchzucken würde. Susannes Augen flackern provozierend.

»Den kennst du so gut wie ich! Willkommen in meinem Leben, Frau Hartmann. Und jetzt mach schon. Klapp das Sofa auseinander. Oder wolltest du lieber tiefsinnige Gespräche führen?«

Corinna ist schon dabei, die Kissen vom Sofa zu werfen und die Sitzfläche anzuheben. Sie schüttelt nur den Kopf. Susanne umarmt sie von hinten und flüstert:

»Und bitte keinerlei Fluchten mehr mitten in der Nacht. Versprich mir das!«

Nein, ich werde nicht mehr fliehen.

»Versprochen.«